巴金散文系列

# 华沙城的节日

山东画报出版社
济南

**图书在版编目（CIP）数据**

华沙城的节日 / 巴金著. —济南：山东画报出版社，2023.4
（巴金散文系列）
ISBN 978-7-5474-4229-6

Ⅰ. ①华… Ⅱ. ①巴… Ⅲ. ①散文集－中国－现代 Ⅳ. ①I266

中国国家版本馆CIP数据核字(2023)第045798号

HUASHACHENG DE JIERI
**华沙城的节日**
巴　金　著

巴金故居策划

**责任编辑**　怀志霄
**装帧设计**　蔡立国

**主管单位**　山东出版传媒股份有限公司
**出版发行**　山東畫報出版社
社　址　济南市市中区舜耕路517号　邮编 250003
电　话　总编室（0531）82098472
市场部（0531）82098479
网　址　http://www.hbcbs.com.cn
电子信箱　hbcb@sdpress.com.cn
**印　刷**　山东临沂新华印刷物流集团有限责任公司
**规　格**　130毫米×185毫米　32开
7.75印张　7幅图　8.48千字
**版　次**　2023年4月第1版
**印　次**　2023年4月第1次印刷
**书　号**　ISBN 978-7-5474-4229-6
**定　价**　46.00元

1950年10月，巴金赴波兰出席第二届世界保卫和平大会，途经赫尔宾火车站时摄

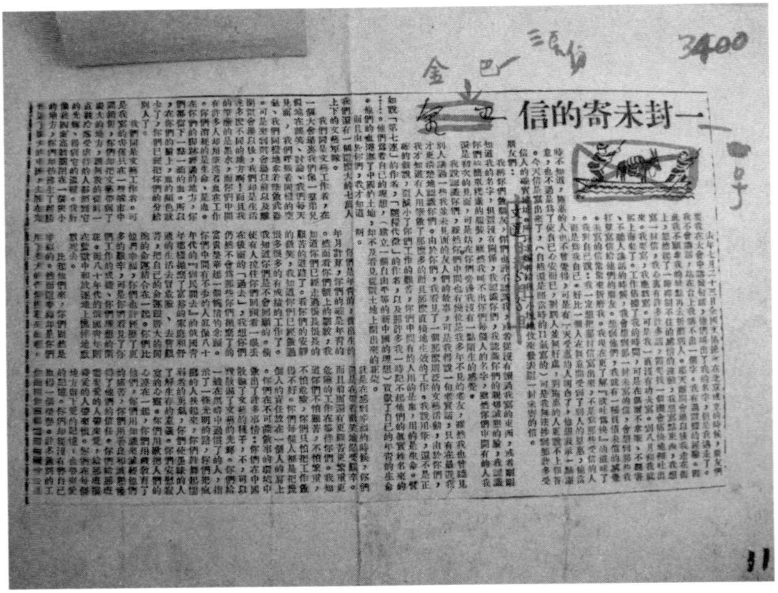
一封未寄的信

31

《一封未寄的信》校样

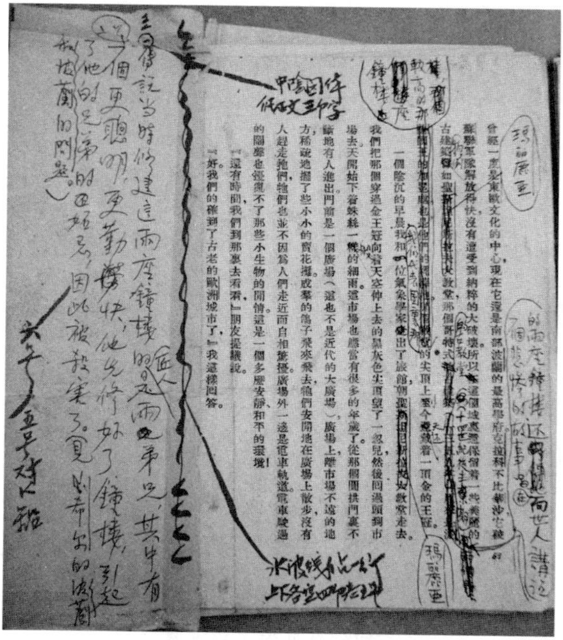

《华沙城的节日》人民文学出版社重排本作者所做的校改

《慰问信及其他》初版书影

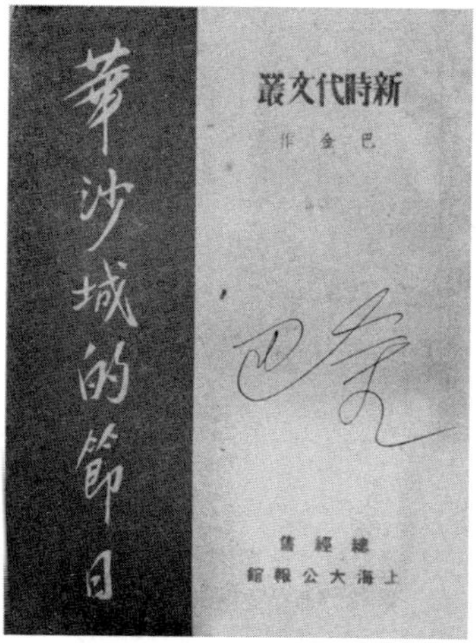


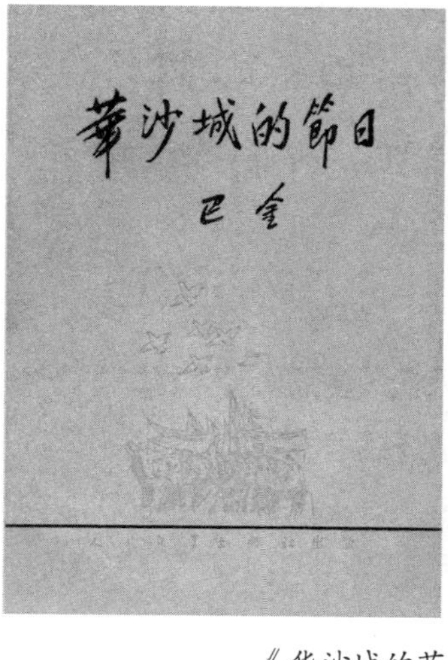

《华沙城的节日》各版本书影

## 出版说明

本书由《慰问信及其他》和《华沙城的节日》两部散文集组成。前者是1949年新中国诞生之后两年间的感想，后者是作者1950年11月13日至26日赴波兰出席第二届世界保卫和平大会的见闻与感想。作者一再表示，作为一个新中国的作家，他感到十分自豪，“我认为我的任务是宣传和平，我认为我的任务是把人类团结得更紧密”，“我们应该给我们的孩子创造一个更好的世界，一个更美的将来。为着年轻的一代我们应当贡献我们的精力和生命。倘使我们能够在和平的斗争中献出自己的一份力量，倘使我们能够为年轻的一代争取到和平，我们可以说是尽了父亲的责任，也可以说是尽了作家的责任，尽了人的责任了”。(见本书附录中的《我愿意献出我的一切》)正是在这样的观念下，作者一面投入到新的生活中，一面尝试写作新的篇章，由此，我们才能理解这些文字的兴奋、激动。

《慰问信及其他》，作为潘际坰、黄裳编的新时代文丛第二辑中的一种，平明出版社1951年7月初版。《华沙城的节日》，作为新时代文丛第一辑中的一种，平明出版社1951年3月初版；1951年8月，人民文学出版社重排新版印行。以上两书部分篇章曾收入《巴金选集》第九卷（四川人民出版社1982年10月版），后全部文字收入《巴金全集》第十四卷（人民文学出版社1990年3月版）。

此次据《巴金全集》排印，个别文字和用法仍保持原貌，并未根据当下编校规范修改和统一。附录部分为本书编者所增。

# 目　录

**华沙城的节日**



**附　录**

# 慰问信及其他

# 我是来学习的*

## ——参加“文代大会”的一点感想

我参加这个大会，我不是来发言的，我是来学习的。而且我参加像这样一个大规模的集会，这还是第一次。在这个大会中我的确得到了不少的东西。

第一，我看见人怎样把艺术跟生活揉在

---

* 本篇最初发表于一九四九年七月二十日《人民日报》。

一块儿，把文字和血汗调在一块儿，创造出一些美丽、健康而且有力量的作品，新中国的灵魂就从它们中间放射出光芒来。

第二，好些年来我一直是用笔写文章，我常常叹息我的作品软弱无力，我不断地诉苦说，我要放下我的笔。现在我却发见确实有不少的人，他们不仅用笔，并且用行动，用血，用生命完成他们的作品。那些作品鼓舞过无数的人，唤起他们去参加革命的事业。它们教育着而且还要不断地教育更多的年轻的灵魂。

第三，我感到友爱的温暖。我每次走进会场，总有一种回到老家的感觉。在七百多个面孔中至少有一半我不曾见过，可是它们对我并不是陌生的。我看到的全是诚恳的、亲切的脸。我仿佛就生活在自己的弟兄们中间：谈话，讨论，听报告，交换经验，我不感到一点拘束。自由，坦白，没有丝毫的隔阂，好像七百多个人都有着同样的一颗心似的。

1949年7月17日。

# 忆鲁迅先生*

从北平图书馆出来，我迎着风走一段路。风卷起尘土打在我的脸上，我几乎睁不开眼睛。我站在一棵树下避风。我取下眼镜来，用手帕擦掉镜片上的尘垢。我又戴上眼镜，我觉得眼前突然明亮了。我在这树下站了好

* 本篇最初发表于一九四九年十月二十五日《人民文学》创刊号。

一回，听着风声，望着匆忙走过的行人。我的思想却回到了我刚才离开的地方：图书馆里一间小小的展览室。那地方吸引了我整个的心。我有点奇怪：那个小小的房间怎么能够容纳下一个巨人的多么光辉的一生和多么伟大的心灵？

我说的是鲁迅先生，我想的是鲁迅先生。我刚才还看到他的手稿、他的信札和他的遗照。这些对我也是很熟习的了。这些年来我就没有忘记过他。这些年来在我困苦的时候，在我绝望的时候，在我感到疲乏的时候，我常常想到这个瘦小的老人，我常常记起他那些含着强烈的、分明的爱憎的文章，我特别记得：十三年前的两个夜里我在殡仪馆中他灵前的情景。半截玻璃的棺盖没有掩住他那沉睡似的面颜，他四周都是芬芳的鲜花。夜很静，四五个朋友在外面工作，除了低微的谈话声外，再也听不见什么。我站在灵前，望着他那慈祥的脸，我想着我个人从他那里得过的恩惠，我想着他那充满困苦和斗争的一生，我想着他对青年们的真诚的爱，我想着他对中国人民的关切和对未来中国的期望，我想着他在日本帝国主义的铁蹄踏遍华北、阴云在中国天空扩大的时候离开我们，我不能够相信在我眼前的就是死。我暗暗地说：他睡着了，他会活起来的。我曾经这样的安慰过自己。他要是能够推开棺盖坐起来，那是多么好呵。然而我望着望着，我走开，又走回来，我仍然望着，他始终不曾动过。我知道他不会活起来了。我控制不住自己的眼泪，我像立誓愿似地对着那慈祥的面颜说：“你像一个普照一切的太阳，连我这渺小的青年也受到你的光辉，你像一颗永不殒落的巨星，在暗夜里我也见到你的光芒。中国青年不会辜负你的爱和你的期望，我也不应当。你会活下去，活在我们的心里，活在中国青年的心里，活在全中国人的心里。”的确，这些年来他的慈祥的笑脸，和他在棺盖下沉睡似的面颜就始终没有离开我的记忆。在困苦中，在绝望中，我每一想到那灵前的情景，我又找到了新的力量和勇气。对我他的一生便是一个鼓舞的泉源，犹如他的书是我的一个指路者。没有他的《呐喊》和《彷徨》，我也许不会写出小说。

又是过去的事了，那是更早的事。一九二六年八月我第一次来北京考大学，住在北河沿一家同兴公寓。因了病我没有进过考场，在公寓里住了半个月就走了。那时北海公园还没有开放，我也没有去过别的地方。在北京我只有两三个偶尔来闲谈的朋友，半个月中间始终陪伴我的就是一本《呐喊》。

我早就读过了它，我在成都就读过在《新青年》杂志上发表过的《狂人日记》和别的几篇小说。我并不是一次就读懂了它们。我是慢慢地学会了爱好它们的。这一次我更有机会来熟读它们。在这苦闷寂寞的公寓生活中，正是他的小说安慰了我这个失望的孩子的心。我第一次感到了，相信了艺术的力量。以后的几年中间，我一直没有离开过《呐喊》，我带着它走过好些地方，后来我又得到了《彷徨》和散文诗集《野草》，更热爱地熟读着它们。我至今还能够背出《伤逝》中的几段文字。我有意识和无意识地学到了一点驾驭文字的方法。现在想到我曾经写过好几本小说的事，我就不得不感激这第一个使我明白应该怎样驾驭文字的人。拿我这点微小不足道的成绩来说，我实在不能称做他的学生。但是墙边一棵小草的生长，也曾靠着太阳的恩泽。鲁迅先生原是一个普照一切的太阳。

不，他不只是一个太阳，有时他还是棵大树，就像眼前的树木一样，这树木给我挡住了风沙，他也曾给无数的青年人挡住了风沙。

他，我们大家敬爱的鲁迅先生，已经去世十三年了。每个人想起他，都会立刻想到他的道德和他的文章。这是他的每个读者，每个信从者，每个研究者都永远记住，永远敬爱的。他的作品已经成了中国人民的宝物。这些用不着我来提说了。今天看完了关于他的生平和著作的展览会出来，站在树下避风沙的时候，我想起来：

这个巨人，这个有着伟大心灵的瘦小的老人，他一生教导同胞反抗黑暗势力，追求光明，他预言着一个自由、独立的新中国的到来，他为着这个前途用尽了他的心血。他忘了自己地为着这个前途铺路。他并没有骗我们，今天他所预言的新中国果然实现了。可是在大家、在全国人民欢欣鼓舞的时候，他却不在我们中间露一下笑脸。他一生诅咒攻击中国的暗夜，歌颂中国的光明。而他却偏偏呕尽心血，死在黑暗正浓的时候，等到今天光明的中国到来，他这个最有资格看见它的人却已经永闭了眼睛。这的确是一件叫人痛心的事。为了这个，我们只有更加感激他。

风一直不停，阳光却更灿烂地照在街上，我已经歇了一会，我得往前走了。

1949年10月11日。

# 一封未寄的信*

去年七月二十三日全国文学工作者协会在北京成立的时候，朋友们要我在大会上讲几句话，他们叫出了我的名字，但是我逃走了。我不会讲话，站在台上我讲不出一个字。我有过这样的经验。因此我不愿拿我的缺点折磨别人。那天

* 本篇最初发表于一九五〇年五月五日《文汇报》。

离开会场以后，我走在街上，忽然起了抑制不住的感情的波动，我想写点东西，我想写一封信，我心里有许多话，需要找一个机会痛快地倾吐出来。我要写，我应该写。可是我一直没有功夫写。到八月初，我就回到上海来了。工作占据了我的时间。可是在偶尔不拿笔、不翻书、不听人讲话的时候，我会想到那一封未写的信，会想到那些我打算写信问候的朋友。想到他们，我就有一种负债未偿的感觉。未写的信常常来折磨我。我现在更了解“欲吐为快”的滋味了。我对自己说：我一定要把那封信写出来，不是为那些受信的人，而是为我自己。好比一个人在无意间受到了别人的恩惠，他当时不知道，施惠的人也不曾觉得，可是有一天受惠的人明白了，他想表示一点谢意，也不过是为了使自己心安而已，对别人并无好处，对施惠的人更说不上报答。今天信写出来了（自然还是照当时的口气写的），可是我无法抄到那许多受信人的确实地址，便求《文汇报》副刊的编者给我一小块地位，发表这一封未寄的信。

朋友们：

我称你们做朋友，你们也许不认识我，或者从没有读过我写的东西，或者刚刚知道我的名字，但是这没有关系，我认识你们，我认识你们的亲切、诚恳的面貌，我认识你们的简单、朴素的服装，虽然我叫不出你们每个人的名字，虽然你们中间有的人我还是初次见面，可是站在你们旁边，我没有一点陌生的感觉。

我说我认识你们，虽然你们中间也有几位是我多年不见的老友，虽然我也曾听见别人讲过一些我并未见面的友人们的故事，可是我得说一句老实话，只有在最近，我才更清楚地认识你们。由于你们，我看见了一个那么广泛的文艺活动，由于你们，我才知道有人用笔做了那么多的而且那么直接生效的工作。我说用笔，还不是正确的叙述，这减少了你们工作的艰苦，你们中间，有的人用的是血，用的是生命。譬如说《第七连》的作者[①]，《随粮代征》的作者[②]，以及那许多我一时记不起他们的真实姓名来的。……他们为着崇高的理想（建立一个自由、平等的新中国的理想），贡献了自己的年轻的生命。

---

① 即丘东平（1910—1941）。

② 即高咏（1920—1942）。

他们的血灌溉了中国的土地，却来不及看见从这土地上开出来的花朵。

而且由于你们，我才知道我们还有一个这么大的七万人上下的文艺军队。

我们同是文艺工作者，在一个大会场里我们像弟兄一般地在谈笑、讨论，我们每天见面，我们呼吸着同样的空气，我们同样地拿着笔做武器。可是来到这会场以前以及离开这会场以后，我们却生活在多么不同的地方！而且我的笔蘸的是墨水，你们中间有许多人却用笔蘸着血在工作。你们消耗的是生命，是血。在你们的脚经过的地方，你们都留下一点一滴的血。所以，在你们的脸上，血的颜色就少了，你们已经把你们的血分给别人了。

我们同是文艺工作者，可是我写的书仅仅在一些大城市中间销售，你们却把文艺带到了山沟和农村，让无数从前一直被冷落、受虐待的人都受到它的光辉，得到它的温暖。我好像被四面高墙关在一个狭小的地方，你们却仿佛生了翅膀飞遍了广大的中国，去散布光明。

你们是年轻的，从出生的年月计算，你们的确是年轻的。然而看你们额上的皱纹，我知道你们已经走过很长的艰苦的道路了。看你们的安静的微笑，我知道你们已经做过很多的工作了。我知道你们是不会“回顾”的。倘使有人拉住你们回头看一眼丢在后面的“过去”，我想你们仍然不会为那些你们抛弃了的富贵荣华起一个惋惜的念头。你们中间有不少的人真像十九世纪八十年代“到民间去”的俄国青年那样抛弃了富裕的家庭和舒适的生活去冒险、去尝艰苦，把自己的命运跟广大的同胞的命运结合在一起。你们比他们幸福，你们也许经历了更多的艰辛，可是你们看见了你们工作的成绩、你们理想的开花。而八十年代的俄国青年则在监狱中和放逐地上憔悴地默默死去。

比起他们来，你们固然是幸福的。然而这幸福却是你们用了多大的代价换取来的啊。就是在感到幸福的时候，你们还是带着微笑地在忍受艰辛。而且前面还有更艰苦、更繁重、更危险的工作在等待你们。我知道你们不怕艰苦，不怕危险，你们只怕没有把工作做好。你们每个人都是把几个人的责任放在一个人的肩上。你们在不可能做事的环境中做出了许多事情：你们在中国撒遍了文艺的种子，不，可以说放遍了文艺的光辉。你们给一般在黑暗中生活惯了的人指示了一条光明的路，你们把疯瘫的人扶起来，你们鼓舞起懦弱者的勇气，你们使愚昧的人了解生存的意义。你们安慰寂寞的心灵。你们用歌把人们的心连在一起，你们用戏教育了他们，你们用知识来减轻他们的痛苦，你们用善良和诚恳获得了他们的信任。你们给那班需要爱的人带来爱，使那班摧残爱的人受到打击。你们在每个地方留下爱的记忆，也带走爱的记忆。你们却从没有替自己取得荣誉。许多做别的工作的同伴都得到机会去更好地、更大地发挥他们的力量，你们却一直坚守着你们的岗位，切实地、安心地做你们自己的工作。在这样地继续工作的中间，你们有的人从十四五岁的少年变成了强壮的成人，有的人由成人走到了中年。而中国的新生的力量也跟着你们的年岁一天天地成长。你们从没有在什么工作上写下你们的名字，你们也从没有在什么地方夸耀过你们的功绩。

我一口气写了这几张信纸，我的手累了，

我需要放下笔吐一口气。我想休息。可是说起休息来，我更不能不想到你们：你们常常是不知道休息的。你们常常恨不得把一生的光阴在一个短时间里用尽，只为着想把工作提早完成，即使在并不顺利的环境里，也是这样。然而中国是那么大，任务又是那么多，一个任务接连着另一个，剥夺了你们的休息时间。你们的坚强的心支持了你们的身体，你们的牺牲精神克服了各种的困难。为了万人的将来，你们忽视了个人的现在。为了万人的安乐，你们放弃了个人的幸福。你们的身体瘦弱了，可是你们的精神更强健了。你们知道你们并没有白活，最有力的证据便是各处都需要你们。这一点安慰、这一点鼓励，你们接受了。可是你们拒绝了其它的享受、其它的酬报。

在大会中我听到了关于你们工作的报告，

在大会以外的晚会中，我看到了你们的工作成绩；在将近一个月的直接和间接的接触中，我知道了你们生活的详情。对着你们的没有英雄气概的外貌，我说不出我心里的感动和敬爱。你们是那么平凡、那么朴实、那么纯真，而且那么谦虚。从外表看，你们彼此间似乎没有什么分别，除了身材的长短和年龄的差异。其实不单是你们彼此间，就是你们同别的穿制服的人站在一处，在外表上我也看不出你们和他们的差别。唯其平凡，你们更能得到别人的敬爱；唯其朴实，你们才能够把你们自己的命运跟全中国人民的命运结合在一起；唯其谦虚，你们在做过了那么多的工作以后还能够保持你们的纯洁。你们是不会骄傲的，你们是不知道骄傲的。

可是今天我却感到骄傲了。因为有你们这样的文艺工作者活在新中国的土地上，我才觉得做一个文艺工作者是一桩值得骄傲的事情。

大会已经完毕，分别的日期似乎也已决定，你们就要走了。任务在催逼你们。你们要回到你们的部队、你们的农村、你们的工厂、你们的机关去。你们要回到你们从那儿来的东北、西北、华东、华中、华南去（你们有的还要跟随部队打到西南和华南去）。你们要回到你们的工作岗位去，回到你们的工作同志那儿去，是的，还有几万个工作同志在等待你们。他们等着你们回去告诉他们北京的消息、新的消息。他们等着你们回去跟他们一块儿进行新的工作、新的任务。工作需要你们，人民需要你们，新中国需要你们，新时代需要你们。

我在这最后说到的“你们”，是连你们的几万个工作同志也包括在内的。他们是跟你们一样的有着献身精神的文艺工作者，他们也曾，而且一直在为着新中国流血流汗。作为新中国的人民的一分子，我要求你们把我的问好和祝福带给他们。

1950年1月在上海。

# 给西方作家的公开信*

关于第二届世界保卫和平大会的印象、感想和回忆，我已经写过几篇短文，而且也读过了朋友们写的更多、更好的文章。《大公报》的编者要我在《国际问题》版上发表意见，我没有独到的

* 本篇最初发表于一九五一年一月七日《大公报》。发表时题为《给西方作家的信》。

见解，也缺乏分析的能力，所以我不再写印象或感想，我借这个地位发表我的《给西方作家的公开信》，那是我到华沙之前在西伯利亚的火车中写成的，这里所说的“西方作家”，是指那些没有参加“和大”的资本主义国家中有良心的作家。在华沙我没有机会见到他们，因此也没有把这封公开信发表。

今天我拿起笔对你们说话，我是以一个中国作家的资格，你们的同行的资格发言。我的话不单是说给你们和你们的读者听的，我也说给那些没有读过你们著作的人，和那些受了欺骗准备充当炮灰的人听。

我从中国来。这个国家在从前被西方人当作谜一样看待。这个国家有着悠久的历史和曾经发过灿烂光辉的文化。这个国家有着广大的山明水秀的国土和众多的刻苦耐劳的人民。但也就是这个国家，它的人民几千年来受尽了封建制度的剥削、榨取，一代一代地在专制独夫的残暴政治下面憔悴死亡。他们忍饥受寒，像牛马似地劳动，换取他们的简单的生存，但是他们也从没有失去斗争的勇气。反抗的火不断地在他们中间燃起来。殉道者的血不停地流着。终于到了这一天，人民的力量成了一股烁金熔铁的烈火，烧尽了一切专制政治和封建主义的恶草毒树。一个新的中国，人民的中国产生了。

我从中国的上海来。上海，这个国际闻名的都市，有人称它为罪恶的都市，有人称它作冒险家的乐园。一只一只的远洋轮船，载来一批一批的冒险家。他们利用这里的廉价的劳动力，开办工厂，制造商品，争取广大的市场，并且组织发行网推销他们从海外运来的剩余物资。他们在这里建造了高楼大厦，过着舒适豪华的生活。而上海的人民呢，却蜷缩在寒冷的小屋中、摇动的搁楼里，睡在高楼前的人行道上，挤在苏州河边的乌篷船中。在这里成千的工人为了微少的工资把生命消耗在不合卫生的工作条件下面，在这里小孩挨饿，妇女受辱，和平的人民被人枪杀，人间最可宝贵的东西——劳动力毫无原因地被浪费，被糟蹋。这就是帝国主义的一百年来的成就。然而在今天这一切都像梦魇似地消失了。上海也跟中国的别的城市一样落到了人民的手中。人民革命的洪流把帝国主义留下的肮脏的污泥冲洗干净了。新的上海产生了。在所谓车水马龙的繁华市街上出现了劳动人民自己的文化宫。

这是一个新的开始，一个光辉的开始。中国人民赶走了帝国主义者，推翻了反动的统治，解放了全中国，只是为着一个和平的企图：把中国建设得更好、更美，而且这已经有事实证明了；同时也给世界留下一个榜样：一个古老的民族怎样新生。

作为一个作家，我认为我的任务是宣传和平，我认为我的任务是把人类团结得更紧密。我愿意每张嘴都有面包，每个家都有住宅，每个小孩都受教育，每个人的智慧都有机会发展。作为一个中国人，我可以说我们比谁都更爱和平，更宝贵和平，更需要和平（在我们的丰富的文学遗产中就有不少光辉的非战的诗篇）。因为在和平中我们才可以找到建设的机会，而且我们是经过长时期的战争之后才得到和平的。

但是现在和平受到威胁了。美国帝国主义者不让我们享受和平的幸福，不给我们以和平建设的机会。他们的国防线已经移到我们的台湾，他们的铁蹄已经踏到我们的东北边境。我们的城市被轰炸，我们的人民被扫射。在太平洋的彼岸，那个被称为总统的人正发出“战争的恐惧掩盖了人类的希望”的侵略叫嚣，拿原子弹和氢弹来吓唬世人。似乎大残杀马上就要发生，大毁灭立刻就要到来。在今天，的确有一片大的乌云盖在人类的希望上面。落在朝鲜土地上的千万吨炸弹便是对世界文明的严重威胁。朝鲜人民的苦难激动着全世界人民的良心，对朝鲜的侵略战争已经成为事实，而且不断地在扩大。

然而人类的希望像一颗永恒的星一样，乌云掩不住它的光芒。特别是在今天，和平不是一个理想，一场梦。它是万人的愿望。它已经有了团结在一起的八万万的保卫者，不，这还只是一部分的数目。我们可以说在全世界人民中，没有一个人不爱和平，没有一个人不恨战争。没有一个人不愿意跟他的同胞、跟他的邻人和平相处，没有一个人不希望用他的智慧和他的劳动来共同创造新世界的文明。渴望战争想从战争得利的只有极少数的人，我们称这些人为战争贩子。他们用种种的花言巧语把天真的年轻人骗上战场，杀害善良的人民，毁灭和平的城市，替他们开辟广大的市场，奴役弱小的民族。侵略者的王国就是用无辜者的白骨赤血造成的。他们不断地用种种方法扩大它，巩固它。他们想拿我们祖先累世的劳力所创造的文明作代价换取他们宫殿的金顶，完成他们万世不灭的霸业。

但是他们的幻想是不会成为事实的。我们不会让他们成功，全世界人民也不会让他们成功。他们要扩大、巩固他们的王国，我们要摧毁他们的王国。我们用文字，用语言，用事实，用行动来摧毁它。

作为有良心的作家，我们有责任团结人类，促进世界人民的大团结。撇开思想、宗教、语言、肤色的差异，只要是善良的人，只要是爱和平、爱人类的人，让我们团结在一起，为保卫世界和平，为创造新的世界文明而奋斗。我们有责任使受骗的人们睁开眼睛，我们有力量救出即将充当炮灰的年轻的生命，我们更有把握看见侵略者的王国的崩溃。

“拿我的王国换一匹马”，驼背的英国的暴君理查三世到了败亡的时候，曾经这样地狂叫过。可是他终于失去了他的王国，也失去了他的生命。有一天那些新的暴君也会发出同样的绝望的叫声来。在败亡的时候暴君们是多么地无力，他们的王国就成了不堪一击的纸糊的东西，连一匹马也换不到了。

我还记得我动身到华沙来的时候，我的

五岁的女孩依恋不舍地拉住我的手不肯跟我分离。我爱我的女孩。每个父亲都爱他的儿女。年轻的一代的确是可爱的。我们这一代已经受够苦难了，可是我不愿意看见孩子的小眼睛上有一滴泪水，我不愿意让谁伤害一根年轻的头发。我们应该给我们的孩子创造一个更好的世界，一个更美的将来。为着年轻的一代我们应当贡献我们的精力和生命。倘使我们能够在和平的斗争中献出自己的一份力量，倘使我们能够为年轻的一代争取到和平，我们可以说是尽了父亲的责任，也可以说是尽了作家的责任，尽了人的责任了。

1950年11月初在西伯利亚国际列车中。

# 两封慰问信*

## 致中国人民志愿军部队

我说过有许多感情是用文字表达不出来的。现在我拿起笔给你们写信的时候，我忽然觉得我是一个多么笨拙的人了。我找不出

* 本篇最初发表于一九五一年二月十五日《群众文艺》第五卷第四期。

一句适当的话来表示我对你们的敬爱。你们勇敢的、年轻的和平战士！你们是为了真正的世界和平，才放下自己的工作，拿起枪，挂上手榴弹，跨过鸭绿江，站在朝鲜兄弟们的身边，跟他们一块儿用自己的血肉去抵挡美帝侵略军队的疯狂的进攻。但是你们胜利了，你们从野蛮的残酷的侵略军的铁蹄下解放了一大片受难的土地，救出了无数受苦的朝鲜人民。你们胜利了，你们用实际的行动使侵略者认识了和平力量的强大，让他们在世界人民的眼前又一次暴露了他们的无耻无能、残酷嗜杀的真面目。我这管无力的笔写不出光辉的史诗来歌颂你们的英雄事迹，而事实上你们的国际主义的友爱精神和反抗侵略的辉煌战绩已经活在朝鲜人民的心里，活在中国人民的心里，并且也活在世界人民的心里，用不着我这支笨拙的笔来表扬了。当我说到世界人民敬爱你们的时候，我并没有说一句虚伪夸张的话。我可以告诉你们一个真实的故事：平壤解放的消息传到苏联的时候，我们正在莫斯科。十二月七日那天在餐桌上苏联朋友把《真理报》上的记载翻译给我们听。接着便是全体起立干杯、欢呼、拍掌的热烈场面。我们是在为你们的胜利干杯、欢呼、拍掌。苏联的朋友们也在为你们的胜利干杯、欢呼、拍掌。因为你们的胜利也就是全世界和平人民的胜利。一个苏联朋友举起杯来说，他建议为你们干杯，因为你们已经给了美国帝国主义者一个很大的教训，而且对世界和平也有了不小的贡献了。其实不只在苏联，在全世界中都有人不断地在为你们的胜利干杯。当战争贩子们正在普遍地叫嚣着，说第三次世界大战不可避免的时候，二届世界和平大会却向全世界人民发出庄严的号召：用实际行动来争取和平，而且就是在大会进行的中间，得到了你们最先起来响应这个号召的消息。曾经有过一次全体代表起立以最大的热情为你们欢呼。你们的行动给新中国增加了更多的光荣，你们的行动给世界和平带来了更大的保障。全世界的母亲会感激你们，因为你们保护了朝鲜的孩子和母亲；全世界爱好和平的人会感激你们，因为你们打破了战争贩子的好梦，阻止了世界大战的爆发。今天你们在严寒的雪地上露营的时候，全世界中有许多家庭正围着炉火在谈论你们。他们的欢乐中有你们，他们的谈笑中有你们，连他们的安适的梦里也有你们，因为正是你们在保护他们的这一份和平生活。你们也许不需要知道这些事实，可是我应当把它们告诉你们。我不在这里提说我们的感激，因为跟你们隔得远的人都是这么亲切地在想念你们，何况你们的同胞，你们的兄弟姊妹，跟你们在一个国土里生长，跟你们讲同样的一种语言的我们！我不知道这封信在什么时候会到你们的手中，但是请你们接受你们的一个同胞的永久不变的关切、感谢和祝贺。

1951年2月4日。

## 致朝鲜人民军

你们也许不了解我的语言，但你们一定了解我的心意。你们，我的没有见过面的朋友们。我没有到过你们的国土，我也没有目睹你们的痛苦和你们的欢乐。但是你们的一切对我也并不是陌生的。我从波兰带回来的一本纪念册中还有朴正爱的签字。我们跟她同车从莫斯科到华沙。从她在大会的发言里我知道了你们所遭受的一切。你们的苦难引起了全世界的同情，你们的勇敢也获得了全世界的尊敬。在朴正爱的身上我们认识了你们民族的精神。在那个穿着一身白衣的矮小女人的身上我们看见的是：朴素，诚恳，谦虚，和蔼。她平常很少发言，脸上始终带着沉默的微笑。可是在她登台的时候，她的狮吼般的雄辩的演说使得八十国的代表吃惊、佩服。谁都禁不住要问自己：在这个谦虚的中年女人的身上怎么会有那么大的勇气，那么多的力量？你们正是这样可亲、可敬、可爱的战士！我们曾经为你们的胜利欢呼过，也曾为你们的挫折痛苦过，现在又为你们的更大的胜利庆祝了。而且我们这两个民族已经更紧密地团结在一起了。共同的理想和共同的道路巩固了两个国家的友谊，共同的战线和共同的敌人加强了两个民族的团结。看见我们的志愿部队跟你们在一块儿并肩作战，反抗侵略，保卫和平，谁不欢欣鼓舞呢？你们是值得骄傲的，因为全世界的眼光在注视着你们，全世界的希望也寄托在你们的身上。你们把美帝侵略军赶下海去的日子快到了。全朝鲜的人民等着你们跟他们一块儿去重建被敌人毁坏了的家园。我们盼望这一天早来，而且我们也要帮助这一天早来。你们的最后胜利是无可怀疑的了。让我在这里祝贺你们。

1951年2月4日。

# 给苏合作同志*

今天整理书桌，我无意间翻出从波兰带回来的纪念册，在那上面又看到你和另外四位朋友的名字。今天是一九五一年一月二十七日。我跟你们分别整整有四十天了。可是看到你们的颜色不同的签名，我又想起

---

* 本篇最初发表于一九五一年二月十六日《苏联知识》第一卷第十二期。发表时题为《给苏合作先生》。

了我们在国际列车中的最后一夜，想起了那个热烈的告别晚会，想起了我和丁同志在车上你们房间里跟你谈到早晨三点钟的情景。十二月十八日早晨三点钟，火车已经在奥特波尔站停了许久了，四个先下车的苏联同志中间有两个匆匆地上车来，你们三个人谈了几句话就提着行李带走带跑地下车去了。我和丁同志说过，你们五个人把我们从莫斯科一直送到奥特波尔，我们至少也得送你们进车站去。奥特波尔车站是我们熟悉的地方，一个多月以前我们曾经在车站的餐厅里耽搁了七八个钟头。可是这一天火车并没有停在月台旁边，我也不知道车站离这里有多少步路。天色阴暗，车外不见亮光。你们从左面下车，我也跟着从那里下去。地上积着雪，我担心会滑倒，迟疑一下，才敢跳上车去。你们已经走得很远了。我在后面唤你们，你们没有站住，你们三个黑影子却转过火车头不见了。你们也许没有听见我的唤声。你们也许听见了故意走得更快。但是为什么在你们送我们走了七天之后，不让我送你们走五分钟呢?

我失望地回到车上去。我们的车终于开往满洲里去了。我躺在卧铺上，我的心很热，友情使我浑身发热不能睡眠。最近三个星期的生活情景一直在我的脑子里出现，一想到你们的面貌，一想到你们的声音，我就禁不住在暗中微笑，这是愉快的微笑，这是感谢的微笑。

火车奔跑似地向满洲里驶去。车头就只拖了我们这三辆卧车和一辆行李车，其他的车厢都跟你们一样留在奥特波尔过夜了，你们没有出国护照，不能把我们送到满洲里。可是为了免去我们换车的麻烦，你们让火车破例地把我们一直载到满洲里车站。满洲里就在前面。我们是一刻比一刻地离国境更近了。同时我们又是一刻比一刻地离你们更远了。因此我不能不一刻比一刻地更想念你们，更怀念过去三个星期中在莫斯科、在列宁格勒、在西伯利亚的生活，跟你们在一块儿过的生活。

我是第一次来到你们中间的。我是第一次跟你们在一块儿生活的。你们可以想象到我的脚第一次踏在俄罗斯的黑土上，我是多么地兴奋。可是在你们这里我并不是一个陌生的客人。你们的一切对我都是非常亲切的。连西伯利亚的雪，贝加尔湖的水，莫斯科的“红场”，列宁格勒的“冬宫”……都像是跟我常见面的老友。我知道列宁墓前有着经常不断的参拜的行列，我知道“瓦西里·勃拉任纳教堂”旁边还保留着蒲加切夫在那儿成仁的古刑台[1]，我知道克里姆林宫钟楼上的红星彻夜发出照耀世界的光芒，我知道列宁格勒那个树立彼得大帝铜像的广场上一百二十五年前发生过十二月党人的革命壮剧。……你们那里的一切，一切……我全在书本上念过了。我还在中学念书的时候就知道莫斯科的麻雀山和彼得堡（列宁格勒）的涅瓦大街是什么样的地方。不仅是我，几乎所有的当时的年轻人都是这样地关心着，热爱着你们国家里的一切。普希金、果戈理、托尔斯泰、屠格涅夫、契诃夫、高尔基……这些光辉的名字，他们的作品三十几年来一直是我们的读者的亲密伴侣。对于一切向上、有为的青年，莫斯科是一个革命的圣地。

---

① 农民革命的领袖蒲加切夫虽然是在红场上被处死刑，但是不是就在这个刑台上死去，我也记不清楚了。

现在我居然活到了这一天，我居然踏进了我这半生的梦里故乡，我居然亲眼见到了你们的产生出、培养出无数伟大人物的俄罗斯黑土。我参拜朴素而庄严的列宁墓，瞻仰一代伟人的慈祥的遗容，还是在我们初到莫斯科准备动身去波兰的时候。我们还参观了列宁博物馆和工艺博物馆，也游览了富丽堂皇的地道车站。单靠那短短的一天半中的见闻，我们也就明白了整个苏联的精神：把全国力量放在和平的建设事业上面，全体人民踏着整齐的步伐，向共产主义稳步前进。

我们带着这样的印象跟苏联代表团和朝鲜代表团一块儿坐着“和平列车”向着同一个目标——华沙前进了。[①]

---

① 我们到华沙去参加十一月十六日在那里召开的“第二届世界保卫和平大会”。

两个星期以后我们从华沙回来，在莫斯科的“白俄罗斯车站”上会见了你们。我还记得那是十一月二十八日的夜晚。你们几位的流利的中国话使我们吃惊。叶洛非也夫同志，我早在茅盾同志的《苏联见闻录》中认识他了；马特可夫同志在上海住过，我一定在什么地方见过他；杜布洛斯卡娃同志，这个刚从北京回国的金发姑娘在任何时候脸上都挂着微笑。他们三位后来还陪我们去过列宁格勒。罗米诺夫同志记得六七年前他在桂林跟我一块儿吃过马肉米粉。还有你苏合作同志，你的中国名字和你那副宽边眼镜特别引起我们的注意，更使我们惊奇的是你写中国字写得好。看到你的签名，人会以为你是一个中国人。此外，还有几位不会讲中国话的朋友跟你们一块儿来招呼我们，把我们送到旅馆去。又是那个漂亮的“莫斯科大饭店”，一切都跟我们上次离开时完全一样。你们也在三楼上留了一个房间，作为招待我们的“总部”，每天都有人住在“总部”里面。

我们的三个星期的生活就这样地开始了。在这里要找到比我们感到更舒适的客人，恐怕也不是容易的事。我们受着丰盛的款待，很像一些贵宾，但是我们又不受礼节的拘束，可以自由地出入，畅快地谈笑，跟你们在一起丝毫感不到宾主的差别。住在这里，我觉得就像住在自己家中一样。然而就是在自己家中也不见得会有这么多的人随时对我表示关切。而且你们似乎下了决心要把你们的丰富的宝藏尽量地分给我们带回家去。

谢谢你们给我们安排的那些日程。我们应该向你们道歉的是，我们因为国内工作关系，不能够照你们的意思在莫斯科多住几天。

但是就在这短时期的停留中，我们也看到了不少的东西，学到了不少的东西。有几位同路的朋友说，“我们的收获实在是太多，我们得想法好好地消化它，利用它。”一个劳动模范看见机器就两眼发光，连声赞好，口里讲个不停。在莫斯科我们真可以说没有浪费过一分钟的时间。跟你们在一起，我们到过了不少的地方。在高尔克村的“列宁故居”里，我们更深切地认识了一个伟大革命家为人民服务的献身精神。在雪封了的林荫道上，我仿佛看见列宁带着和蔼的笑容牵了小侄儿的手散步的情景。在由私人别墅改作戏剧艺术博物馆的“阿斯坦基诺宫”中，我们看到了十八世纪欧洲剧院的规模[①]，也了

① 据说十八世纪欧洲的剧院保存到现在的只有两个，另一个在瑞典。

解了俄罗斯戏剧艺术的发展。在那些华美精巧的房间里，我们欣赏了农奴出身的天才艺术家的成绩[1]，我们同时也看到了无穷无尽的农奴们的血迹泪痕。在“特列杰雅科夫美术馆”中，在列宁格勒的“冬宫”中，我们参观了一个文明大国的美术宝藏。在“冬宫”美术博物馆里，我们看到了成为世界珍品的达·芬奇的一张圣母像。在“特列杰雅科夫美术馆”里，我们看出了俄罗斯美术发展的道路。从许多现代的巨幅油画中，我们体会到苏联人民拥护领袖热爱祖国的感情。在“红军博物馆”里，我们看到了苏联车队在卫国战争中的辉煌的胜利和他们解放东欧国家的英勇的战绩。许多国家大城市中

① 建筑师和演员全是农奴。每年有一百个舞剧和歌剧的节目全由农奴演出。在一个玻璃橱中，我还看到农奴们念过的意大利文和法文剧本。

红军纪念碑的模型便是感激和友谊的信物。在这里我们看见了希特勒的军旗含羞地躺在地上，柏林元首府屋顶上的铁鹰裂成两半倒在旗杆旁边。在这里我们也看到了最先在柏林国会大楼屋顶上飘扬的苏联军队的第五号红旗[①]。在“全苏建设长期展览会”中，我们看到了共产主义建设的美好的远景。即将完成的列宁山上的莫斯科大学的模型，给我们说明了苏联工程师在建筑术上的奇迹。发光的彩色大莫斯科建设图，帮助了我们了解苏联人民为着改变大自然面貌而进行的大工程。莫斯科河跟伏尔加河连接起来，解决了大莫斯科的水源问题。各种建筑材料的陈列和建筑过程的图表与模型，给我们解释了为

① 据说当时进攻柏林的苏军部队共有旗帜九面，这第五号的红旗在柏林国会大楼的屋顶上插了二十天，后来才由飞机运回莫斯科。

什么在三个半月里面可以完成一幢四层的楼房，五个月里修好八层的大厦。在“斯大林汽车工厂”里面，我们看到了最新式汽车的全部制造过程。一切都组织得那么好，计划得那么好，配合得那么好。没有一分钟浪费掉的时间，每个人，不论是男工或女工，都站在自己岗位上专心地干自己的工作。厂房是那样高敞，设备是那样完善。光荣榜，挑战书……表示出来高度的生产热情。文化宫、托儿所、疗养院说明了对于工人的文娱活动、身体健康与生活福利的重视。工人夜大学、技术学校、技工学校、斯达哈诺夫学校等等的创办，不断地提高了工人的技术水平。在汽车工厂附设的规模宏大的“文化宫”中，我们更看清楚了这样的一个事实：美国工人的孩子在街头流浪的时候，苏联工人的子弟却在课堂里、剧场里、音乐厅里、阅览室里学习、研究，发展他们的艺术才能。……我们看到的确实是太多了。还有列宁格勒的米高扬食品工厂，它以社会主义竞赛的原则完成了生产计划，在一年里面获得了两次的奖金。还有列宁格勒的皮鞋厂，它在卫国战争中列城被围的时期内，始终没有停一天工，虽然厂址离前线不过十一公里，而敌人又向工厂投过三百七十个炸弹。办公室里有两种勋章说明工厂的光荣的历史：列宁勋章和劳动红旗勋章，此外再加上一面红旗奖状。我们看到的确实是太多、太多了。

然而这也只是一部分。我们还跟你们一块儿去过其他的地方。是的，我们到过金碧辉煌的“大剧院”，我们到过富丽堂皇的“红军剧院”，我们到过简单、朴素的“高尔基艺术剧院”，我们也到过漂亮、大方的“柴科夫斯基音乐厅”。这些剧院演出的舞剧有柴科夫斯基的《天鹅湖》，和根据普希金的诗篇改编的《青铜骑士》与《泪泉》[1]；话剧有契诃夫的《三姊妹》；历史剧有现代剧作家的《海军上将的旗帜》；歌剧有格林卡的《伊凡·苏山宁》。有着七层座位和金色包厢、红色帷幔的“大剧院”更是我们常到的地方。在那里我们听到了人民演员米哈伊洛夫和克鲁格李科娃的歌声；看到了乌兰诺娃和加博维奇，谢米诺娃和康德拉托夫，斯特鲁奇科娃和拿泡里的舞姿，欣赏了柴科夫斯基和阿沙也夫的音乐。常常是你或者马特可夫同志给我们解释剧情，说明演员们艺术上的成就，或者在休息时间里陪我们在廊上散步。在这里我陶醉在苏联艺术的最高的表现中，跟社会主

① 《泪泉》：即《巴里齐沙烈喷泉》。

义国家的健康的人民一起欢呼，一起拍手。再没有比在你们这个舞台上所表演的更健康的、更高的艺术了。也再没有比你们的人民更爱好艺术的了。在莫斯科没有一个剧院没有一夜不客满。每一夜节目终场的时候，人们总不肯马上离去，许多人站在自己座位前面疯狂地拍手欢呼，常常站到十几分钟，使演员们出场谢幕八九次。就在我给你写这封信的时候，那种热烈的情景仿佛还在我的眼前。他们在为米哈伊洛夫欢呼，在为乌兰诺娃欢呼，在为谢米诺娃欢呼，在为斯特鲁奇科娃欢呼（可惜我没有看到列别新斯卡雅！），你们的人民热爱自己的艺术家，你们的艺术家也了解人民。从欢呼和谢幕的情形看来，你们的演员和人民早已打成一片了。不仅在“大剧院”里是这样的情形，就是在“高尔基艺术剧院”里看契诃夫的“精细的心理剧本《三姊妹》”[1]的时候，在“红军剧院”里看复杂的多幕历史剧《海军上将的旗帜》的时候，在“柴科夫斯基音乐厅”里看苏联民间舞蹈的时候，我也看到这同样的热烈的情景。你们是幸福的，因为你们能够欣赏这样高度的艺术的成就，而且你们也知道怎样热爱它们；你们是慷慨的，因为你们毫不自私地把它们介绍给全世界的人民。

从你们那里我们得到的东西实在是太多、太多了。还不说生活上的关心、照料。我从没有遇见过这么大量、这么周到、这么亲切的主人。今天望着纪念册上你们的签名，想到那三个星期的生活，想到莫斯科的停留和列宁格勒的参观，想到西伯利亚冰天雪地中

---

① 引用苏联S. 包各玛少夫的话。

的长途火车和奥特波尔的最后一夜，我更要想到你，想到你们，想到你们的人民。有些感情是用语言表达不出来的，有些事实是用文字说不完全的。今天在这里我能够用什么话来说明你们对我们的好意和我们对你们的感激呢？我能够用什么文字来说明中苏两大民族的友谊呢？

我想象得到你的回答。你们的回答一定是这样：在这方面语言和文字都是用不着的了，因为你们爱我们，我们也爱你们。这是不错的，在列宁格勒的“国家剧院”中，我们就有过这样的经验。那个晚上我们几个远方来的客人被你们的青年包围着，他们对我们微笑，跟我们握手，请我们签名，送我们礼物。他们不知道我们的姓名，也没有留下他们的地址，我们也不懂他们的话，但是我们已经了解他们的思想和感情。爱的语言，友谊的语言常常是简单的，共同的。两个民族彼此相爱，这就是一切了。中苏两大民族的友谊是很自然的，很牢固的。

那么，倘使我这封信没有把我的感谢的诚意表示出来，倘使你在这里找不到对你们的友情的适当的回报，还得请你原谅我，因为最深的感情是语言和文字所表达不出来的，而且中苏友好合作已经是铁一般的事实了。我永远忘不了你的中国名字：苏合作。[①]

1951年1月27日。

① 一九五七年十一月我在莫斯科苏联科学院汉学研究所里又见到苏合作同志了。他担任着秘书长的职务，在座谈会上向我们介绍了研究所的工作情况和计划。他还是那么诚恳，那么热情。后来我们离开莫斯科回国的时候，他还赶到飞机场来送别。（一九五九年五月注）

# 他们活在每个站起来的中国人民的心里*

我曾经在一本西班牙的画册上题过这样的几句话：

死并不可怕，为理想死更不可怕。

今天他们把我们牵到刑场去。可是明天

---

* 本篇最初发表于一九五一年五月二十五日《解放日报》。

会有无数的人尊崇地念着我们的名字。
我们用自己的血灌溉了理想。有一天这理想会开出美丽的花朵来。

今天我重读着它们的时候，我的眼前浮现了五个年轻人的面影，五张嘴都开着，他们提高声音在讲话，他们要全中国的人民都听见他们的最后的声音。这是二十年前二月七日夜间死在龙华警备司令部广场上的五位作家。我不认识他们，我也没有跟他们见过一面，虽然我早已知道他们的名字，可是他们的作品我读得极少。我跟文艺界接触，还是一·二八以后的事。以前我只是关在亭子间里写文章。所以他们的壮烈的死讯，我知道得比较迟。除了鲁迅先生的《为了忘却的记念》以外，我还读过一篇叙述他们殉难时的情形的短文。我记得那是发表在一本文学刊物上面的。那篇文章里面，我记得有这么一段：在一个漆黑的静夜里，当那些人被带出来明白自己就要受刑的时候，他们的手被紧紧绑住不能动弹，但是他们忽然大声叫起来："共产党万岁！"然后是一排枪声，便一切复归于静寂。这情景至今还深印在我的脑子里。其实这也是很平常的事情了。古今来多少为理想牺牲性命的革命者在成仁就义的时候，他们最关心的还是他们的理想的胜利，而且对于这胜利他们始终是抱着坚定的信仰的。所以就是在临刑的时候，就是在黑暗的静夜里，就是在寒冷的广场上，就是对着那些向他们瞄准的枪口，就是对着刽子手的凶恶的脸，他们仍然没有丝毫的惧怕或悲伤的感觉，因为他们看见了未来的胜利的远景。他们看见了这个远景，所以他们能够用那么有力的声音传达给别人。柔石、胡也频、白莽、李伟森、冯铿五位烈士的情形就是这样。当他们在那个广场上用响亮的声音叫出他们的信仰的时候，他们一定想到了今天。唯其想到了今天的胜利，他们才能够安慰他们的爱人民、爱祖国的心，才能够从容地死去。他们的信仰并没有错。今天的事实证实了它。在二十年后的今天，他们的理想已经开始实现了，他们不能够活着看见翻身的中国人民的笑容，这只是我们这些生存的人的遗憾。但在他们却是没有遗憾的，因为他们的血帮助了今天的胜利。其实他们并没有死去，他们仍然活着，今天不仅他们的朋友，他们的同志在想念他们，在谈论他们，连许多不认识他们的人也在尊崇地念着他们的名字，敬重他们的作品和他们的事业。而且他们不仅活在翻身的中国人民的笑容里。他们也活在每个站起来的中国人的心里。新的中国会永远存在，他们也跟其他的革命烈士们一样，永垂不朽！

1951年2月23日。

## 后　记

我把这本小书叫做《慰问信及其他》，只是因为我想把它献给在朝鲜的中国人民志愿军。我应该写一千封信、一万封信来感谢那些拿自己的生命冒险只为了使同胞们活得更好的战士。但是话语是没有用的，要是我不把自己的心献出来，要是我不用行动来证实自己的话语。

我说过：最深的感情是语言和文字所表

达不出来的。轮到我写信慰问我们的志愿军的时候，我的笔就显得多么地无力了。我一直记着陈沂副团长说过的那件事情。志愿军中有人问过他，国内的同胞还记得他们不。他们听说同胞们并没有忘记他们，便高兴万分。平淡的话语中露出了最深的感情。他们为着同胞牺牲一切，所以就是在冰天雪地或一片废墟的异国战场上，他们仍然想念着我们。对着这样深厚的同胞爱，我们应该用什么来报答呢？读者们应该知道得更清楚。我不在这里饶舌了。

《慰问信》在这小书里只占了很少的篇页。但是感激和慰问的精神却贯串了全书。我写这《后记》的时候是一九五一年六月二十八日的早晨两点钟，也可以说是二十七日的深夜。窗外正张开死一样的静寂的网，夜是像墨一样的黑。然而在朝鲜的战场上，这应该是我们的战士活动的时候了。在我们睡的时刻，他们睁着眼睛，只为了使我们睡得更好。那么就是在梦中我们的心也会跟他们的心在一块儿跳动吧。没有人能够忘记他们，全中国人民都会尽最大的力量支援他们，使他们早日胜利归来！

巴金　6月28日。

# 华沙城的节日

# 华沙城的节日*

一九五〇年十一月二十二日的夜晚，我们站在华沙胜利广场上临时搭成的检阅台上。台前是穿着各种服装的游行队伍，队伍中飘扬着各种颜色的旗帜，高举着面貌不同的大幅画像。充满着信心的、年轻的、欢乐的歌

* 本篇最初发表于一九五一年二月一日《文艺新地》第一卷第一期。

声接连地朝台上扑来。我们的眼光接触到的尽是带着兴奋、愉快的表情的脸。人们笑着，谈着。人们欢叫，唱歌。不认识的人彼此招呼，相对微笑。我真想跟所有的人握手，也觉得所有的人都想跟我握手。今天是一个节日，是全世界人民的节日。

我们是从二届世界和大的会场赶来的。我们的车子绕了好些路，到迟了，我们下了车走过一段路，进了群众大会的会场，走到台上的时候，正看见西蒙诺夫从最高的一级台阶下来。他的小胡子上面还留着微笑。我知道他要去参加另一个宴会。我们也在拥挤中上了最高的一级台阶。我的背靠在木栏杆上。一些昂起的人头遮住了我的视线，但是它们挡不住响亮的欢呼声。游行的队伍正在高叫“和平”。这个波兰字Pokój（博孤伊）已经是我们十分熟习的了。我们可以很自然地叫出它来。而且不单是我们，所有的从八十个国家来的代表都亲切地叫着它，它成了我们的共同的语言了。

我抬头看天。天空不暗，但也不十分亮。一轮灰白的圆月挂在天空，像蒙了很厚的面纱一样。好几股探照灯的白光往上射出，仿佛要划开天幕似的。突然一个震耳的响声在我背后响起来，我刚回过头去，就听见了第二个、第三个响声。一粒火星在空中裂开了，变成无数彩色的小花散落下来。接着第二粒火星又散下另一把颜色不同的花朵。火星从四面升起，花朵向四处落下。半个天空被它们照亮了。

我用两只手握紧栏杆，脸向着天空，一粒火星刚刚裂开，一大把绿色、红色和金色的小花朝着我飞过来，自远而近，由小而大。我不自觉地伸出一只手去：我以为我会接住它们，但是一瞬间它们就不见了。接着又是另一把火花，蓝色的、金色的，它们像童话中的小仙人似地冉冉下降。我的眼前满是金光，我的耳里充满年轻有力的欢呼声。有不少的人在拍掌。我也拍手。这是一个大欢乐的日子，一个节日，全世界的节日，华沙城的节日。

今天整个华沙城在欢笑，在庆祝这个节日。在华沙召开的第二届世界和平大会今天闭幕了，胜利地闭幕了。初步的工作完成了；世界和平得到了保障。华沙城和它的七十万市民对和平有了不小的贡献。的确今天应当是华沙城欢笑的日子。

今天，一九五〇年十一月二十二日的夜晚，我，一个从中国来的远客，看见了新的华沙在欢笑。我是第一次来到这个城市的。可是我也知道它的故事。我也记得它的那些痛苦的日子。然而我们活在今天。今天是伟大的。一九三九年九月，当华沙城被政府的官员们抛弃、它的市民起来抵抗德国纳粹军队围攻的时候，和平的市民得到由前线败退下来的散兵们的帮助，跟那些比他们强过一百倍的敌人战斗了两个星期，他们放完了最后一颗子弹，没有食物，没有水，没有电灯，炮弹和飞机炸弹像暴雨似地落在他们的身上。当那些英勇的战士们咽气的时候，当那些没有抵抗力的女人和小孩含着眼泪看纳粹军队踏着废墟进入华沙城的时候，会有人想到今天么？

一九四三年四月，华沙城犹太区（Ghetto）内剩余的三万犹太人明白他们没法避免德国纳粹匪徒们为他们安排好的命运，他们愿意死得更勇敢、更光荣，他们起来跟纳粹匪徒们作战的时候，他们用少数的武器（手枪和长铳）抵抗德国的机关枪和飞机炸弹，他们坚持了三个星期，一直到纳粹匪徒把全区的房屋炸光、烧光，在最后的一天，当最后的三个战士用波兰国旗裹住自己的身子、站在燃烧的六层大楼的屋顶上准备跳进烈火中去的时候，他们会想到今天么？在一九三九年九月的抵抗中，华沙城被烧毁百分之十，这一次又给毁掉百分之二十五了。华沙城在一九三九年十月底还有三十五万九千多犹太居民，在一九四二年五、六月犹太居民的数目更增加到五十四万[1]。曾经繁盛一时的犹太区（包括那条世界闻名的柴门霍夫大街在内）现在成了一片死寂的废墟，除了一座犹太英雄纪念碑[2]以

---

① 这五十多万人（其中有一部分还是从别处“输送”来的）以后陆续地被送进了“集中营”和“毁灭营”，到了一九四三年犹太区的人口是大大地减少了。三万人的数目是《波兰在废墟中重建》一书中的数字。华沙城的人口总数在战前是一百三十万。

② 犹太英雄纪念碑：一九四八年四月十九日建立，是法国籍犹太雕刻家拉帕坡尔（Daniél Rapaport）的作品。犹太起义志士的领袖是约瑟·勒瓦尔托夫斯基（Jozef Lewartovski）。

外，就只有绿草和瓦砾了[①]。

一九四四年八月，苏联军队逼近华沙的时候，城内的居民拿起简单的武器，在市街中堆起障碍物跟野蛮的德国军队作战。这次起义的失败引起了华沙城的大屠杀和大毁灭。在两次战斗中保留下来的华沙城的完好部分，又给破坏了百分之七十六。全波兰唯一的纯粹哥特式的建筑物——圣约翰大教堂，和藏着音乐家萧邦的心（那是放在一个坛子里的）的圣十字礼拜堂以及许多博物馆、戏院、图书馆全消灭了。在一九四四年八月七日的晚

---

① 这以后犹太区的废墟便做了纳粹屠户的刑场。我把当时波兰地下组织得到的报告选译两则在下面：

"（一九四三年五月三十一日。）五月二十九日有二十五个女人和五百五十个男人被带出监牢，在犹太区的废墟上枪毙了。这次行刑使用机关枪，从早晨八点钟一直继续到下午一点。我们在牢里听得很清楚。"

"（一九四三年六月三日。）今天枪毙了四十二个男人和九个女人。里面一个女人已经有了九个月的身孕。"

上，当一群波兰女人被纳粹匪徒抓来，叫她们蹲在街中堆成一座活的障碍物来抵挡波兰志士们的枪弹的时候，当一个母亲对她的女儿说“要是我给打死了，你得记牢：你不要流一滴眼泪；你不要悲伤难过，你得保持波兰女人的尊严。不要在他们面前露出你的软弱”的时候，那些女人会想到今天么？[1]在

---

① 受害人口供第一百一十七号：“……我们的背朝着起义军，我们有的跪着，有的蹲着，德国人躲在我们后面，有的伏在地上，有的单腿跪着，他们从我们的头上朝克尔侧里场开枪。我们一共是二十三个，大都是年轻女人，还有两个小孩。战斗一共进行了两个钟头，在这时间里面我们的感觉真是很难形容出来的。我们都准备死，而且大声念了祷告。枪弹在我们的头上和耳边飞来飞去。德国人的枪声几乎要把我们的耳朵震聋了。然而好像发生了奇迹似的，枪弹只打中了德国人。当第一个德国人中枪倒下去的时候，我的母亲对我说：‘要是我给打死了，你得记牢：你不要流一滴眼泪；你不要悲伤难过，你得保持波兰女人的尊严。不要在他们面前露出你的软弱。’只有小孩哭得很伤心，而且非常害怕……”

一九四四年八月五日的早晨，当一个波兰人和他的全家被德国党卫军[①]的屠户们赶到街中、自己受伤躺在地上、看见他的妻子被枪杀、两岁的孩子被人像狗似地刺死的时候，当他假装死去、屏息不动、让纳粹匪徒站在他的胸膛上的时候，他会想到今天么？[②]

---

① 党卫军：简称SS，原先是希特勒的卫队，希特勒上台以后，特别是在一九三四年纳粹清党之后，它在特务大头目希姆莱统率之下，权力逐渐增大，等到一九三六年希姆莱掌握了全国的警权，党卫军就成了德国的实际的主人，后来又成了希特勒占领的欧洲各国的实际主人。管理集中营，也是党卫军的工作之一。

② 受害人口供五十七号："我住在W区E街第八号。一九四四年八月五日早晨十点钟一个党卫军支队和伏那索夫的部下闯进来了。他们把我们从地下室赶出来，把我们带到S公园附近。我们正走着的时候，他们向我们开枪，我的妻子当场被打死了；我的孩子受了伤，哭着要他的母亲。接着一个伏那索夫的部下走过来，像杀一只狗似地把我的两岁的孩子杀死了；然后他又跟几个德国人一块儿走到我面前，他站在我的胸膛上，试试看我是不是还活着。——我假装已经死去，害怕我也会给他们杀死。有一个凶手拿走了我的表；（转下页注）

所有这些人，这些英勇地战斗死去的人，这些无辜地被屠杀的人，这些在悲痛中被敌人折磨而死的人，以及从这里，从华沙城被押送到集中营和毁灭营[①]去，死在毒气房里，身子被烧成灰，脂肪用来制造肥皂，头发用来织成床毡[②]的人，不管他们是男、是女、是老、是幼，不论他们是犹太人或者波兰人，他们一定会想到今天！他们一定会相信今天！今天的欢乐跟他们的痛苦是分不开

---

（接上页注）我听见他又在上子弹。我想他要开枪打死我，可是他却向前走了，他以为我已经死了。我就这样从早晨十点钟，一直睡到下午九点，亲眼看见了更多的暴行。……"

① 毁灭营就是真正的杀人工厂，在奥斯威辛。

② 这是《波兰在废墟中重建》里面的叙述。用人皮做灯罩，则是党卫军的一个女头目科赫（E. Koch）干的事。科赫是德国布痕瓦尔特（Buchenwald）集中营的负责人，她自己曾经用人骨头做了一个台灯，灯罩是拿人皮做的。

的。今天在华沙城欢呼的人也一定没有忘记他们。连我这个坐了十多天的火车，从遥远的中国赶来的陌生的客人也怀着感激的心情在祷祝他们的安息。

今天，不论在台上或在台下，不论在家中或在街上，不论在工作或在休息，波兰人是应当骄傲的，华沙人是应当骄傲的，因为今天全世界的眼睛都在注视着波兰，都在注视着华沙。今天从八十个国家里来的代表在这里看见了人们战胜战争的奇迹。

就在几个钟头以前，我参加了赠予和平奖金的典礼回到大会会场去的时候，在大汽车中，一个波兰女子指着窗外一所高大的建筑物对我说："这也是在很短的时期中修建起来的，外表上跟从前毁掉的建筑物完全一样，我们保存着华沙城的旧图样。我们要把德国人破坏了的华沙完全照原样地修复起来，而且要添上以前所没有的新东西。这就是我们波兰人对法西斯匪徒的答复。”[1]这是一个瘦小的女人。可是她昂起头、眼睛发光的时候，却现出了一种不可抗拒的力量。

她说的确实是真话。在短短的五年中间波兰人重建华沙的工作就完成了百分之五十。另一个波兰人曾经告诉我，苏联军队解放华沙的时候，旧华沙城内简直找不到一所完好的大建筑物（只有在对岸布拉加区还有些可用的楼房，但墙上也布满了枪洞、弹痕），可是今天华沙已经有了全欧洲最大的出版、印刷的工厂，可以容纳三千人的宽敞

① 有人说，一个十八世纪的意大利画家加拿勒托（B. Canaletto，一七八〇年死在华沙）喜欢画华沙的市街和建筑物，现在人们就根据他的画来重建华沙。我在美术馆中见过许多幅他的作品。

的临时会场了[1]。哥伯尼[2]安适地坐在波兰科学之友社的门前，美丽的西隆斯基—董布罗夫斯基大桥横架在维斯拉河上。新的纪念碑建立了，这是红军纪念碑，它立在一个宽大的广场上，表示着苏波两国人民的深厚的友谊。新的公园开放了，这是华沙青年团团员用自己的手建造，来纪念他们的殉难的同志们的。新的工厂成立了，波兰已经由农业国走上了工业化的大道。宽敞舒适的工人宿舍完成了，这是以前所没有的。工人们用自己的血汗重建了华沙，现在他们可以享受他们

① 这是“波兰文字之家”（Dom Slowa Polskiego），也就是二届世界和大的会场。在华沙出版的《和平》（画册）上有这样的话：“尚未装置完毕，而将成为欧洲最大印刷厂的‘波兰文字之家’，在五天之内被改为一个漂亮的大会会场。”（录中文原文。但英、法、德、俄、意、西、波七种文字的说明都是“三天之内”。）

② 指波兰天文学家哥伯尼（N. Kopernik，1473—1543）的铜像。

的劳动的果实了。

重建起来的华沙虽然保存了以前的面目，但已经不是旧的华沙了。新的华沙一天天地在生长，劳动者的手不断地在工作，机器声整天不停，到处都在建筑大楼。全华沙的人都在忙碌地工作。他们在跟废墟战斗，现在他们可以站在高楼大厦的屋顶上，望着那些夹杂在新建筑物中间的断瓦颓垣，骄傲地对自己说：“我们战胜了。”波兰人用和平的建设战胜了战争的灾祸。

波兰的友人告诉我们：苏军解放华沙以后，曾经从苏联运来五百所活动房屋，送给华沙的居民。它们就装在我们住的国会旅馆的斜对面。这是一些木造的平房，四周还种了些花树，旁边是一条林荫道。就在昨天，大会闭幕的前一日，下午三点钟的光景，我和一个中国朋友沿着这条路散步。天下着微雨，但户外的空气使人感到舒适。我们走了二十分钟，忽然听见一些小孩的脚步声和笑语声。我们转过身去，正看见六七个带书包的小孩迈着快步迎面走来。他们带着满脸的笑容，招呼我们："和平"（博孤伊），接着就递上纸和铅笔请我们签名。我们给他们全写了自己的名字。他们笑着说声"谢谢"，满意地转身走了。他们先后地走进那些木屋里去了。这些可爱的波兰的孩子！我们每天在旅馆的门口，在大会会场的门口，都看见这样的孩子。他们总是带着天真的笑容拍着手，高呼"和平！"，也高呼"斯大林！"，高呼"毛泽东！"。

的确，波兰的孩子是热爱和平的，华沙的孩子是了解和平的意义的，因为他们已经饱尝了战争的灾祸。一个波兰母亲在大会中说过："在波兰有六百万的男人、女人和小孩死在战争里面。至今还有一百五十万的孤儿在哀哭他们的父母。”波兰人为和平付过了这么高的代价。他们决不会让那些宝贵的血白流。他们有决心来保卫和平，也一定有力量来保卫和平。而且这些孩子很快地就会长大起来。

华沙城今天在欢笑，因为它今天看见了八十个国家的人民保卫和平的决心。它也知道了在保卫和平的斗争中它绝不是孤立的。今天的确是华沙城的节日。全世界的人都记得英费尔德[1]教授的话：

> 对波兰，对全世界，华沙都是一个象征。

---

① L. Infeld（1898—1968），波兰物理学家，生在克拉科。一九三九年起担任加拿大多伦多大学的应用数学教授。在波兰解放后回国。

华沙是怎样重建的呢？不错，新的墙是用砖和水门汀建造的；然而重建华沙的真正材料，却是波兰人民的和平意志。

1951年1月在上海。

# 奥斯威辛集中营的故事*

## 一 “到啦！到啦！”

接连的敲门声把我惊醒了。那个招待我们的波兰朋友阿来克斯在廊上大声叫着：“到啦！到啦！”我推开房门到廊上去，才看见

* 本篇最初发表于一九五一年二月一日《小说》第五卷第一期。

火车停在一个冷清清的小站上。有两个铁路工人模样的中年人在月台上谈话。此外便是一片静寂。没有什么异常的景象。

“这就是奥斯威辛[①]么？”我看见阿来克斯还站在走廊的另一头，便提高声音向他问道。

“奥斯威辛。”他短短地回答，一面在点头。他不会错。这个地方他太熟习了。他在这里住了五年。他的父母都死在这里。他的左膀上还留着一个永远洗不掉的蓝色号码。

我忽然打了一个冷噤，好像有一股寒风迎面吹来似的。“这个荒凉的欧洲小镇，就是

① 奥斯威辛：（Oświecim，波兰人读作窝西威安齐门），波兰南部的一个小城，在克拉科的西面，人口约一万二千。波兰被三国瓜分后，奥斯威辛跟克拉科一样也成了奥国的领土（它的德文名字是Auschwitz），第一次世界大战后波兰复国时才把它收回。

德国纳粹屠杀过五百万人[1]的地方吗？”我惊疑地问我自己。

没有人下车。也不见有什么动静。阿来克斯的声音传过来：“先去餐厅吃早饭。八点钟下车。”我看表，刚刚过七点钟。从华沙到这里，我们只坐了七个钟头的火车。

到八点钟，我们全下车了：除了中国代表团以外，还有罗马尼亚、匈牙利、阿尔巴尼亚、阿根廷的代表们。苏联代表团中的尼古拉大主教也在这里，他的高帽，他的长须，他的黑袍，他的手杖在我们的眼里显得十分亲切，这几天来连他的声音我们也听惯了。

---

① 也有人说数目是四百万。这里的五百万是根据达为多夫斯基教授（Prof. Dawidowski）率领的调查团的专家们的计算，又据奥斯威辛火车站的一个职员斯旦纳克（Mr. Stanek）说，一九四二到一九四四这三年中间一共有三百八十五万囚人由铁路运到奥斯威辛来。但早在一九四〇年德国纳粹就在奥斯威辛创设集中营了。

空气寒冷，我们的头上盖着一个阴沉的灰天，当地的居民到车站来欢迎我们，讲了话。好几部大汽车把我们送到集中营去。在路的两旁我们看见不少的红旗，旗上现着白色的大字：和平。每一面旗有一种文字，我看到了用八国文字写出的和平。

车子停在集中营的大门前。我远远地就看见了作为门方高高地横挂在门口的那一行德国字："劳动使人自由"。怎么！这个"自由"是什么意思？我要笑了。但是在这时候我觉得脸上的肌肉在搐动。我笑不出来。

我们下了车，脱了帽，在纪念碑前献了花。然后大家默默地走进集中营去了。我们都不想说话，好像在殡仪馆中哀悼死去的朋友一样。阿来克斯给我们带路。我们一共是三十八个中国人。别的国家的代表们已经跟我们分开了。

## 二　模范营

“我们现在走进奥斯威辛集中营了，”阿来克斯对我们解释道。“这一部分就是所谓模范营，是准备给人参观的。单从外表看，这里囚人的生活也许还要胜过希特勒德国的工人的生活呢！劳动使人自由，这是德国纳粹的一个大谎话！”阿来克斯的声音似乎是平静的，可是我觉得那里面含着强烈的憎恨。他是一个二十四岁的青年，一个打红领带的青年团团员，他给德国人关进这里的时候还只有十四岁的光景。五年的地狱生活应该给他留下不少的痛苦的记忆，这里的土地就搀和了他的父母的血和骨灰。他现在还能够用平静的声音说话，这个勇敢的孩子，他的心太坚强了！

的确，从外表上看，这里好像是机关职员的宿舍，或者中产阶级的舒适的住宅。在宽敞的路的两旁立着二十八所红砖砌的两层的楼房。每一所房屋都带着同样的和平的外貌。墙头挂着牌子，写明房间的号码。门开着，它们泄露了纳粹的屠户们尽力想掩饰的秘密。这些房屋现在已经成为纳粹暴行的博物馆了。

“但是就在那个时候，有一件东西也是他们没法隐藏的，这就是那双层的电网，网上通着高度的电流，谁触到它们，就会得着死亡，倘使劳动使人自由，那么这些电网装来做什么用呢？”阿来克斯继续说，这一次他的脸上现出愤怒的表情，他的眼睛射出憎恨的光。

我也看到了那些电网，柱子有四公尺高，两道网中间有一公尺的距离。电网的里外两边都有一道简单的铁丝栏杆，在这道铁栏的一些矮木柱上，钉了长方形的木牌，牌上绘着一个骷髅，骷髅下交叉着两根人骨，画旁边用德文和波兰文写着“站住”。这就是所谓“安全栏”了。沿着电网，像鬼影似地耸立着一些瞭望塔，据说阿来克斯住在这里的时候，塔里面不分日夜都有纳粹党卫军在看守，他们准备着随时开起机关枪射杀那些企图逃走的囚人。

其实囚人是没有逃走的机会的。一个党卫军的头目弗立哥（Fritsch）上尉就对一批一批的新来的囚人说过这样的话：“我警告你们说，你们不是到一个疗养院来，你们是到一个德国的集中营来，你们除了从烟囱里出去外，就没有别的路走出这儿。谁要是不喜欢这个地方，他可以马上走到电网那儿。倘使这里头有犹太人，他们没有权利活过两个星期；倘使这里头有教士，他们还可以活一个月；别的人可以活三个月。”

他没有骗人。从一九四〇年到一九四五年一月这五年中间有五百万人到过这个地方。可是一九四五年一月二十二日苏联军队解放奥斯威辛的时候，集中营里就只剩了五六千个病重的囚人。德国的屠户们逃走时带去了五万八千个不幸者，其中有许多在中途就被枪杀了。的确有五百万人是在焚尸炉中烧成灰从烟囱里出去的。

## 三 博物馆

阿来克斯把我们引进一所房屋去。博物馆的负责人出来招待我们。年轻的说明员领我们去参观每一间陈列室。说明员讲波兰话，由阿来克斯给我们译成英语，我们中间也有人用中国话解说给一些同志听。

参观开始了，我们由一个陈列室走到另一个陈列室，由一所房屋走到另一所房屋。房间有大有小，陈列品有图片，有模型，有实物，有文字，有图表。每一所房屋有它的说明员。说明员不只一个，参观的人也不只我们这一组，跟我们同火车来的各国代表全到了。在一个大的陈列室里面，人可以听到各国语言：俄语、西班牙语、法语、匈牙利语。不同的语言解说着一个同样的故事：五百万无辜的人怎样在这里死亡。这不是故事，这不是空话。这是铁一般的事实。在这里没有一个人对它表示怀疑，可是所有的人都带着惊疑和痛苦在问自己：怎么能让这种事继续进行了五年？怎么能够束手让那五百万无辜的人白白地死去？

我们的脚步变得沉重了。每个人的脸上

都现出痛苦的表情。我不断地听见人在叹息、吐气。我的心好像被什么东西在刺着、绞着。我真愿意有一只大手来蒙住我的眼睛，可是我仍旧睁大它们，似乎要把眼前的一切刻印在我的脑子里面。

我们在注意地看什么呢？是人类的艺术的成就么？是近代科学的发明么？是大自然的美景么？是生命的奇迹么？我们是在参观？我们是在“学习”？

不，我们在看人类的受难。

这里是毒气房的模型，那里是焚尸炉的照片。堆在这里的两吨头发[①]使人想到那三万二千个欧洲女人的青春时期的美梦；放在那个玻璃橱里的用女人头发织成的床毯在

---

① 纳粹撤退时，来不及运走留在仓库里的女人头发一共有七吨。这里只陈列了两吨。

向人控诉纳粹的暴行。这个房间有成堆的梳子，那个房间有成堆的洋铁杯；这里是堆得像小山一样高的眼镜，那里是数不清的剃须刷子；皮鞋堆了一个房间，男人的、女人的、小孩的，分别堆在三个地方，这只是剩余的一部分旧鞋。在另一个房间里，一排长方形的木台上堆着无数的假手假脚，木台前有一道很低的铁丝栏杆，我们伸出手去，也许可以摸到这些曾经跟活人连在一起的东西，连残废的人也无法苟全性命。许多手提箱凌乱地堆在一个房间里，箱子盖上还留着用白色笔写下来的欧洲各大城市的名字。一个长长的玻璃橱柜中陈列着欧洲各国的纸币，这都是无辜的死者留下来的。他们从欧洲各国被骗到这里来，死在毒气房内，身子给烧成灰，埋在土坑里，洒在沼地上，抛在维斯拉河或索拉河中了。一个纪念犹太人受难的房间里，在那朴素的纪念碑前面有人奉献了大束的鲜花，碑的上方用犹太文写着："要牢牢记住"。纳粹的一个头目赫斯曾经招认过：至少有二百五十万从欧洲各国来的犹太人被毒死在奥斯威辛一布惹秦加[①]。布惹秦加离奥斯威辛有三公里，布惹秦加毁灭营是奥斯威辛集中营的附属机关，也就是它的连号。毒气房和焚尸炉都设在那个地方，但是它们在纳粹屠户们逃走的时候，全被炸毁或烧光了。我们看到一张焚尸炉的照片。在那个厅子里一共有十五个焚尸炉。每三个连在一起，炉门紧闭着，看起来好像是新式工厂里的设备，据说在这十五个炉子里每天可以烧掉三千二百具死尸。这种最新式

---

① 布惹秦加：（Brzezinka），它也有一个德文名字Birkenau。

的设备一共有四个。[①]有一个时期，这四个地方整天不停地烧着火，二十四小时里面烧毁了一万二千具尸首。但是毒气房每天却杀死更多的人。来不及的时候，屠户们就在冷僻的空地上挖个大坑，把尸首堆在坑里烧毁。我们在陈列室里看见了一个参加这种工作的囚人大卫·席木勒维奇[②]偷摄的照片。第一张是一群女囚人脱光衣服准备进毒气房时的摄影，另一张摄出在土坑里烧毁尸首的情形。

---

① 第一焚尸所是旧式的。纳粹屠户们本来还要建造第六焚尸所，可是后来发见在空地上挖坑焚尸比较省钱，便不再添造焚尸所了。

② 大卫·席木勒维奇：这是一个在sonderkommando（特别队）工作的希腊籍囚人。他的姓名是David Shmulevich。《德国人在波兰的罪行》第一卷（英文本，1946）中把他的姓名误写作David Grek，但在一九四八年出版的同书的法文本中则改正为“一个叫做大卫的希腊人”了。三张照片都是在一九四四年八月里偷摄的。

站在这两张照片的前面，一个朋友抓住我的膀子声音发颤地说：“这怎么能够是真的？你得写，你得好好地写出来。”另一个年轻的同伴对着成堆的金丝发流眼泪。“我再没有见过比这更残酷的情景了。”第三个人说。这时候阿来克斯站在我们的旁边，昂起头，用坚定的声音给我们解说这一切可怕的情景。的确我们应该学学这个勇敢的青年，在敌人面前不应该示弱。

我们从楼下走到楼上，又从楼上走到楼下，从一间陈列室走到另一间陈列室，从一所房屋走到另一所房屋。我的脚步越来越沉重了，有什么东西压紧了我的心，我只想长长地吐一口气。

“这是十号，这是专门拿女人当作试验品的地方。”说明员指着那道关闭的门说，阿来克斯为我们把他的话译成英语。“在这里面经常关着一百五十个女人[1]，纳粹的医生和教授们就用她们来做各种医学上的实验，每一个女人都要经过好几次的手术，最后的报酬是枪毙，或进毒气房。那些实验都是很可怕的，很残酷的。在这所房屋里头，被宰割的女人的尖声哀叫始终没有断过。”

我知道他说的是真话，因为我看过这样的一段记载：“在营里进行活人实验的主要负责人是德国妇科专家格劳倍格教授（Prof. Glauberg）。他和他的一个柏林的同事做这种实验工作，目的在发明X光透不过的新的物质。格劳倍格特别是一个有生意眼光的人，他是受着德国化学工业的委托来工作的，他每一次实验了一个女人，便可以从德国化学工业那儿得到一大笔款子。他向集中营买了

① 一说是“五百个女人”。

一百五十个女人来做这种实验。这些不幸的女人被放在一种特别的手术台上。然后用一个电的注射器把一种又浓又厚的、像水泥一样的东西塞进她们的阴道里面去。这种残酷的手术是借着X光来控制的。过后便开始了照相。这些不幸的女人痛得在台上翻来扭去，满身都是鲜血。每一个女人在三四个星期里面要经过这同样的手术三次到六次，这以后她们就害着子宫炎、卵巢炎、腹膜炎和输卵管发炎等等的病。”

这不过是“科学”实验的一种罢了。一百五十个女人只是一个小的数目，她们只是一个专家的实验品。在奥斯威辛，这样的专家是相当多的。此外有一个沙木尔医生[①]

① 沙木尔医生：（Dr. Samuel），是营里的一个囚人，他是一个德国籍的犹太人。他被迫担任这种科学实验的工作。

的助手制造了一种专门给女人阴道内部照相的器具。这也是一个残酷的刑罚。每次照相要花一个钟点，而且不只照一次。我再举出一个名字，那是柏林的教授舒曼博士（Dr. Schumann）。他专门从事不生育的试验。他自己关在一间铅的小屋子里面，管理着X光的强度，和照的时间的长短，把强度的X光集中在女人的卵巢上，一共要照五分钟到一刻钟。在这手术之后许多女人都吐得厉害，死去的也不少。要是她们能够活过三个月，舒曼博士还要在她们身上施行一次手术，割掉她们的一部分的性器官，拿出来仔细研究。经过这些手术以后，要是人还能够活下去，那么连强壮的女孩子也会变成外貌衰老的女人。其实对她们，活的机会是很少的。在那本记载德国罪行的书里面就有过这样的话："他们明白那些女人经过了几次的实验，经过了一次的大手术以后，就不能再用来作实验品了，于是把她们直接送到布惹秦加的毒气房去。”

男人们也同样地被选出来作“科学实验”的实验品。不过他们的“刑场”也许不在这个地方。

我用憎恨的眼光望那红墙，望那关闭的门，我疑惑地想道：“这会是真的么？那些医生，那些教授，他们不也是人，即使他们生在纳粹的德国，活在纳粹的德国？人对待人能够是这样的残酷？”但是我马上就记起了一本叫做《人造地狱》[①]的书，那是德国布痕瓦尔特集中营的一部有系统的记录。布痕瓦尔特集中营里有所谓“病理学部”，那里

① 《人造地狱》：一名《集中营的制度》，著者是倭根·柯刚（Eugen Kogon）。

面就有不少的专家在从事尸体的科学的研究。而且活剥刺花的人皮作为展览的珍品。那些靠着法西斯养料生活的纳粹专家可以做出任何残酷的事情。我想到这里，突然打了一个冷噤。

“这是死墙，在那软木板前纳粹曾经枪杀了两万六千个囚人，死在木板旁边那个绞架上的人也不少。他们都是政治犯、地下工作者和共产党员，还有些优秀的科学家。”说明员的声音在我的耳边响了一忽儿。我一边听阿来克斯的翻译，一边从高高的铁栏里望那个十号房和十一号房中间的天井，望那块相当大的黑漆的木板，和那个耸立在墙边的绞架。我知道“死墙”的故事。被判死刑的囚人两手给纳粹们用有刺的铁丝缚得紧紧的，一直到刺陷进肉中，他们面向着死墙，由刽子手从后面朝他们的头打进枪弹去。

“墙下那一片土地浸透了烈士们的血。据说纳粹党卫军逃走时曾经有人提议推倒死墙，搬走那片浸透血的泥土。可是他们来不及做许多事情，他们只毁掉了软木板。现在立在墙边的木板还是后来重做的。”阿来克斯继续把说明员的解释翻译给我们听。我的一双近视眼看不到血迹，可是我看见了放在木板前面的花圈。勇敢的死者并没有被人忘记，而且永远不会被人忘记。我记得一个叫做约瑟·雅心斯基（Jozef Jasinski）的二十七岁的波兰青年，他因为寄了一封信出去，叙述了集中营里的真实生活，在一九四四年九月十五日被绞死在布惹秦加。

十一号房的号牌上有一行波兰字，意思是“死屋”。“这是政治犯的牢房。这里头的情形可以跟历史上最可怕的监牢相比。”当我的脚踏上门前台阶的时候，我听见说明员的这样的解释。我立刻想到了巴斯底，想到了彼得保罗要塞，想到了席吕塞尔堡。但是纳粹特务们的残酷超过了专制的帝王。从彼得保罗要塞和席吕塞尔堡，还有不少的囚人活着出来，用他们的著作丰富了世界文学的宝库。而这里却是一所名符其实的死屋，没有一个囚人能够活着走下这个台阶。但是今天我们却昂着头进去了。

审判室里还挂着希特勒的照片，室里的陈设保存着原来的样子。据说在当时一点钟里面可以审判六十个人。这里有好些监房，房里缺少流通的空气，纳粹特务们像堆沙丁鱼似地把囚人堆在床上，除了冻和饿之外，他们还发明种种残酷的刑罚来对付囚人。我们到了地下室，在那儿看见一个小小的房间，水门汀的地上只有一个小木桶，没有床，没有桌椅。这个地方经常关着三十个囚人。那扇木板门现在永远开着，上面留着许多人的名字。我认出一个用绿墨水写下的苏联战俘的姓名：莫斯科的尼可拉·谢米诺夫[1]。我没有时间，我也没有勇气再去辨认别人的笔迹。在这扇木门上，那些勇敢的死者在对我们讲话。他们要我们给他们证明他们并非白白死去。我记得布痕瓦尔特集中营里的一个故事：一九四一年春天，一个维也纳的电影制片家汉伯尔（Hamber）因为是一个犹太人，在集中营里被纳粹特务们虐杀了。他的兄弟亲眼看见了哥哥的死亡，他到集中营负责人那里去控告。所有其他的见证人都不敢说一句真话，但是弟弟汉伯尔却勇敢地说："我知道我会为了这次的控告死去。不过将来，这些罪

① 那个人的姓也许不是谢米诺夫，我现在记不清楚了。

人也许会想到有人控告他们，便不敢那么大胆妄为。要是这样我就不会白白死去了。”他果然死在地牢里面。但是他的名字永远活在人们的心里。他的话至今还鼓舞着全世界爱和平的人。在这木门旁边就立着一个像杀死年轻的汉伯尔的地牢那样的东西，它也被人叫做“地牢”。在木门上留下密密麻麻的姓名的勇士，他们的骨灰早已跟波兰的土壤混合在一块儿了。波兰人不会忘记这些从欧洲各国来的殉道者。古老的波兰变成一个年轻的国家，这中间也曾得到他们的血的灌溉。

离开木门走不到几步，我就到了地牢。同来的朋友们都看过这个“东西”，而且陆续地走开了。我正朝着地牢走去的时候，一个朋友迎面过来，对我摇摇头痛苦地说：“这么一个小地方，要站四个人！真可怕！”

说到“地牢”，绝没有人想到它会是这

样的一个东西。这只是一个较大的烟囱。四周用砖墙围住，只有在靠近地面的地方开了一个小洞。现在已经把上层的砖拆掉了，我可以把手伸进去，我也可以爬过断墙从容地站在里面。可是在从前这砖墙一直高到屋顶，没有留一点缝隙，人被封在这里面，绝不能活着出来。坐地牢不过是一种慢性的死刑。汉伯尔就是被纳粹特务们这样处死的。

我们从一间陈列室走到另一间，从一所房屋走到另一所。我们看见了安放在空地上的打人架。这个特制的刑具上应该留着受难者的血吧。站在它面前，我仿佛看见一个人赤着上身伏在它上面，另一个人的粗大的手捏着铁棍朝那身上打去。这只是一个作家的幻想。铁棍安静地躺在架子上。它应该起锈了。

另外还有一些房屋也被囚人们叫做“死屋”。它们是那些被挑选了的囚人住的地方。

纳粹屠户们在奥斯威辛的大门口大写着“劳动使人自由”的谎话，可是在集中营里却遵守着一个规律：只有能够劳动的人才有权生存。因此虽然营里也有医院，但是住院的病人却不断地让人带出去杀害。这种办法在奥斯威辛就叫做“挑选”。它使得没有一个人敢进医院。于是党卫军的医生们就扩大了这种挑选的行动。他们开始在一般的囚人中间挑选病人，他们并不检验身体，只凭个人的印象，只凭囚人的相貌，断定一个人的生死，所以身体虚弱的囚人一看到医生们到来，立刻昂头挺胸，努力避免现出生病的样子。可是这也没有用。那个维也纳人保罗·克吕格尔（Paul Krüger）只因为身上有一个盲肠炎的旧伤疤，就被选中了。看了营里留下来的统计表，我们知道在一九四三年八月二十九日到一九四四年十月二十九日这十四个月中间，单是在布惹秦加的验疫营一个地方就有七千六百十六个人中选死亡，刑场就在二十号房的外科手术室或者在二十八号房。杀人的利器是注射针。中选的人坐在一把类似牙医用的椅子上，两个囚人捉住他的两只手，第三个囚人拿着他的头，并且用毛巾缚住他的眼睛，然后纳粹屠户用一根长针刺进他的胸膛。被害的人并不马上死去，他只觉得眼睛发黑，什么都看不见。另外那几个帮忙打针的囚人便把他带进隔壁一间屋子，让他倒在地板上，他在那里还可以活二十分钟。那个叫做克勒尔（Josef Klehr）的党卫军班长对这种注射很感兴趣。要是他觉得医生们挑选出来的囚人太少，他还要自己出去找寻。

十七号的号牌上写着“囚人生活”。这里有文字，有照片，有图表，有数字，有图画，有实物，有雕像。我看见了威颜木夫

（Wiejmów）画的八万囚人点名图。点名是囚人生活中一个重要的节目。而且一天还不只点一次名。在一张图表上我看到“十二点至一点——点名”，“三点半至四点半——点名”的句子。连那些在劳动的中途死去的囚人也得由同伴们背回或者用手推车推回去参加点名。这样的死者是很多的。譬如一九四一年十一月四日，就有四百三十个囚人死在工作的地方。这情景也由一个画家布南特胡伯尔（Jerzy Brandhuber）表现在图画中了。一个房间里陈列了一些孩子的照片。在这里孩子们被强迫跟父母隔离了。从外面带进来的孩子是逃不掉毒气房的。而在集中营里生的婴孩，纳粹的医生会注射毒药杀死他们。一个雕像吸引了我的眼光。我一个人在它面前站了一忽儿，这是拉衣诺黑（H. Raynoch）的《母与子》（*Matka*

*Dziecko*），母亲搂着孩子，用一只脚跪在地上。她只有极短的头发，人不留心地看一眼，也许会把她当作一个男人。这正是集中营的惯例：每个女人被带进来，最先就得剪掉头发。这些头发被人好好地保存成批地送到德国去，给专门的工厂做床毡的原料。在集中营成立的初期，女人还可以在奥斯威辛住一个时候，到后来毒气房和焚尸炉接连地建筑、扩充，女人们一下火车就让人直接送进了毒气房，“剪发”的工作只好留到焚尸之前跟拔牙的工作同时完成。营里有专门的“牙医”来拔去死人嘴里的金牙，而且每天有四十个囚人被强迫来担任这种工作。我把《母与子》看了许久。我想着：这个母亲是在保护她的孩子，不肯让人们把他送进毒气房吗？这个母亲是在搂着孩子向人们哀求保全他的生命吗？我了解她的感情，因为我也有过母

亲，而且我也有着孩子。那么我能够说出做母亲的在那个时候想着什么吗？“至少让孩子活下去吧！”她一定说过了这样的话。但是母亲和孩子全死了，也许病死在营里，也许毒死在毒气房中。纳粹杀死了无数的母亲和孩子，纳粹给波兰带来毁灭和死亡，给世界带来毁灭和死亡。他们定下了大的计划：要杀尽犹太人，使波兰人绝种，把吉卜赛人完全消灭。然而新的世界从废墟中产生了。波兰人仍旧活着，并且活得更勇敢；犹太人仍旧活着，吉卜赛人也仍旧活着。而希特勒和他的匪帮的骨灰却不知飘到那里去了。

阿来克斯立在一个玻璃橱前面。橱里，上面的一层放着一个小小的木头做的东西。我们不知道这是什么。“这就是刺号码的工具，”阿来克斯愤恨地说。“每一个人来到营里，带的东西给抢光以后，手臂上先给刺一个号码，然后照三张相，自然是穿着条纹的囚衣照的。我们都是这样地开始了集中营里的生活。这里全是我们的生活的说明。”他掉过头把房里的一些画和一些图表指给我们看。

的确，一种受难的生活在我们的眼前展开了。白色的墙壁立刻消去，时间马上倒退。我仿佛听见乐队在奏乐。我仿佛看见无数穿条纹囚衣的人，缩着头经过大门朝各处走去。这是劳动的囚人的队伍。他们在傍晚才回来，有的淌着血，有的弯着背，有的还用木架抬着同伴的死尸，有的把死尸背在背上，有的把死尸放在小车上推着，这时候也有乐队奏音乐在门口迎接他们。这乐队也是由囚人组织成的。后来当人们成群地走向毒气房的时候，也有这样的乐队“欢送”他们。所有的囚人都是在早晨四点钟起床，至于那些不做工的囚人，他们消磨时间的方法除了

“点名”之外，还有“体操”和“运动”。举起双手跳舞，光着脚在石子地上跑，练习一秒钟脱帽行纳粹礼，这就是“体操”和“运动”。他们的整个上午的时间就花在跑和跳上面。凡是没有跑多久就跌下去的人，立刻被处死刑。十二点钟开始“点名”，需要四十五分钟，“点名”以后，有一刻钟喝汤的时间，就只有一点汤！阿来克斯告诉我们说，一碗汤给五个人喝，而且这些人早晨六点钟只喝过一点冷咖啡。喝了汤就得开始唱歌了。他们被强迫着唱他们不懂的粗俗的德国歌。要一直唱两个钟点，唱得不好，就被罚蹲下去唱，或者被打得伏在地上，脸碰着地。三点到六点半又是“体操”的时间。这以后又是“点名”，这次“点名”要花两个钟头。在整天的疲劳和饥饿之后，他们只得到一点面包和一点香肠（有时是果酱和黄油，星期六是干酪，但真正是一点点）做晚餐。有的囚人却必须一直在寒风里站到天明，还不能放下手来。

这样的生活！这样的饮食！所以一个一百六十五磅体重的波兰女人（第四四八八四号）在营里住了一年半以后，就减少了一百一十磅的体重；一个三十六岁的荷兰籍的犹太女人（第A二七八五八号）在营里住了半年，被苏联军队救出的时候，她的体重只剩了五十磅。这样的情形是很多的。陈列室里面挂得有这种瘦得没有人样的活尸的照片。还有一张纳粹医生自己照的四个男孩的裸体照。我们中间没有谁敢走到前面去，仔细地看它一眼。这些小孩已经不活在世界上了。但是就在现在，那四对眼睛里，还射出来饥饿的光芒。就是在活着的时候，他们也只是四个孩子的鬼魂。

其实在奥斯威辛，他们的命运并不是最坏的。那些被关在“饿牢”里面的囚人还得羡慕他们呢。“饿牢”里监禁的是那班逃走时被捉住了的囚人。人很少有机会从这样的“地狱”里出来。可是有一次一个囚人居然活着走出了“饿牢”，而且把他的见闻告诉了世人。他这样说：“门一打开，人便闻到一股可怕的腐尸的气味。等到我习惯了黑暗之后，我看见一个角落里有一个囚人的尸首，他的内脏都给拉出来了，另一个人的尸体半靠在他的身上，这也是一个囚人，他手里还拿着他从他那死了的同伴的身上挖出来的肝。他正要吃这肝的时候，就死掉了。”[①]这样的事是任何人的脑筋所想象不出来的！

---

①《德国人在波兰的罪行》第一卷里面有着这样的一段话。

另一所房屋的号牌上写着“人民的谋杀”。在这里我们看出了博物馆工作人员在布置上所花的心血。这是纳粹暴行的总清算。这是法西斯主义的总结帐。许多的引证，许多的照片，许多的图表……给我们说明了：国社党（纳粹）的成立，它的背景，它的组织，它的发展和它的罪行；也说明了：希特勒的历史，他的野心，他的阴谋，和他的征服世界、屠杀人民的“奋斗”[①]。在这里我们知道了是谁帮助了纳粹的发展，是谁促成了希特勒的成功，是谁支持了“第三帝国”的建立，是谁让德国重整了军备。在那几个帮助希特勒建立王国的大资本家中间，我看到了美国的亨利·福特和英国的H. 狄特丁的名

① 希特勒著了一本叫做《我的奋斗》的书，暴露了他的征服世界的野心。

字。而且前些时候在西德被美国占领军释放了的奥斯瓦特·波尔将军[1]正是奥斯威辛的一个主要负责人，在这里有图表和文字说明他的罪行。

罪行多得没法计算，每一个数字都是用许多人的血和许多女人和孩子的泪写成的。这简单的数字代表着无数的被毁灭的家和被残杀的生命。一张大幅的图表上写明：纳粹把十八个国家里的犹太人、吉卜赛人、政治犯和战俘集中在奥斯威辛，用种种的方法让他们死去。这十八个国家是挪威、苏联、波兰、荷兰、比利时、德国、法国、卢森堡、南斯拉夫、捷克斯洛伐克、奥地利、意大利、阿尔巴尼亚、希腊、保加利亚、匈牙利、罗

① 奥斯瓦特·波尔将军（Oswald Pohl）：党卫军的一个大头目。

马尼亚、西班牙。在残余的档案中人们还发见囚人的更多的国籍：英国人、美国人、瑞士人、土耳其人、埃及人、波斯人、还有中国人。中国的什么人呢？怎么会落到纳粹的手里去？说明员也回答不了这样的问题。

罪行的确多得没法计算。屠杀之外还有抢劫，这是大规模的强盗行为。奥斯威辛的一个党卫军军官弗立兹·柏格曼（Fritz Bergmann）曾经说过从奥斯威辛的犹太人那里拿走的贵重物品价值十亿马克。这些物品都是送到德国国库去了的，其实它们的价值要超过柏格曼的估计多少倍。纳粹另外又修建了三十五个特别的仓库来分类储藏和包扎他们从囚人身上抢来的别的赃物。后来在他们仓皇撤退之前，他们把二十九个仓库连里面的贼赃一块儿烧得干干净净。在剩下的六个仓库里面还有三十四万八千八百二十件整套的男人衣服，八十三万六千二百五十五套女人衣服，五千五百二十五双女人皮鞋，三万八千双男人皮鞋，一万三千九百六十四张毛毯和别的许多东西。这些东西上面还保留着出品商店的商标，所有被希特勒征服的欧洲国家的名字都鲜明地印在那里。在营里的残余档案中人们看到纳粹党卫军的班长奈痕巴赫（Reichenbach）的报告，上面记载着从一九四四年十二月一日到一九四五年一月十五日这一个半月里面，一共有九万九千九百二十二套小孩的衣服和内衣，十九万二千六百五十二套女人的衣服和内衣，二十二万二千二百六十九套男人的成套衣服和内衣从奥斯威辛运到德国去。这真是历史上空前的有组织的大抢劫了。

除了法西斯主义的罪行以外，我们在陈列室的白色墙壁上还看到了帝国主义的全部血腥的记录。这些罪行已经是我们熟悉的了，殖民地上的屠杀，争夺市场的战争，大规模的轰炸，整个城市的毁灭，……这些都是我们亲眼看见过的。对有色人种的迫害，对劳动者的无情的榨取，对争自由运动的残酷的镇压，对未开化民族的有组织的“歼灭”……这些我们也听说得太多了。上海南京路上的屠杀，四川万县城的被炮轰，……这些都是我们身受目睹的。上海的一百年的历史就是一个完备的帝国主义罪行的展览会。但是今天上海也已经站起来把一百年来压在它头上的魔鬼赶走了。整个中国也已经站起来把帝国主义的魔鬼赶走了。所以站在那些梦魇般的照片的面前，我们可以昂起头吐一口气，而且可以迈着轻快的脚步离开它们。

最后的一所房屋给人带来安慰，带来希望，带来光明。门前也有一行波兰字：“保卫和平的斗争”。在这里我们看到了世界革命运动的发展，也看到了世界和平力量的扩大。从俄国十月革命的爆发到中华人民共和国的成立，这一串震惊世界的伟大事件，这里都有大幅的照片和图表来说明它们。苏联和新民主主义国家的和平建设，全世界人民保卫和平的斗争，这里也有照片和图表来表明它们的辉煌的成就。连两天前刚刚在华沙闭幕的二届世界和大的照片也已经有系统地陈列在这里了。那些善良的面孔，那些热烈的情景，它们在我们的眼前显得多么亲切。我们可以叫出许多熟习的名字，我们也可以说出许多动人的详情。我们从那里来，我们也参加了那些伟大的场面。我们在那里见到了全世界人民的热诚的心，今天在这里我们又看到它们。“和平战胜战争”，我们在华沙天天听到这一句话。这是铁一般的事实。不管希特勒和他的党徒怎样在波兰组织了四个大毁灭营，三个大集中营带毁灭营，四十四个小集中营，十五个输送营和无数的劳动营，用种种方法来杀害全世界爱好和平的人民，在焚尸炉[1]中烧毁了将近一千万人的尸体[2]，但是结果希特勒自己也死在柏林的一个地下室里面，一部分的纳粹党徒被绞死在纽伦堡的绞架上，连曾经到过奥斯威辛视察、核定了扩充计划的党卫军领袖希姆莱也不得不服毒自尽了。希特勒的“第三帝国”并没有毁灭和平，倒是和平的力量毁灭了它。希特勒并不曾灭亡波兰，他反倒促成了波兰的新生。

这个博物馆叫做“几百万人的毁灭”。

---

① 是说在波兰的七个毁灭营中的全部焚尸炉和焚尸坑。

② 这只是一个估计。

但是我看完了整个的博物馆以后，我对人类的信心并没有减弱，它反而加强了。几百万人并不曾白白地死去，他们的纪念也在保卫世界的和平。

## 四　真正的杀人工厂

从集中营出来，我们又坐上那两部大汽车，到布惹秦加去。

布惹秦加毁灭营又被称为奥斯威辛第二，因为纳粹先在奥斯威辛设立了集中营，后来才在它附近的布惹秦加添设了毁灭营。毁灭营就是一般人所说的杀人工厂。我们已经在奥斯威辛看过了它的焚尸炉的照片和毒气房的模型。现在我们又到真正的杀人工厂来了。

奥斯威辛是一个潮湿的盆地。它那满是

沙粒和小石子的地面就一直没有干的时候。它四周有好些鱼池，水是死的，里面充满了腐烂的东西，常常发出恶臭来。这是一个传染疟疾和伤寒症的好地方。布列斯劳[1]大学教授陈加（Zunker）奉命化验过奥斯威辛集中营的饮水，他给希姆莱上的报告中说，在奥斯威辛用的水连漱口也不相宜，而且连用一次都不行。毁灭营建筑在布惹秦加的沼地上，地理环境不会比奥斯威辛好一点。有人说布惹秦加原是一个养马的地方，但我看那里的潮湿有毒的空气对马也不合适。房屋是在一九四二年新建的，以后又陆续扩充几次。房屋的形状跟马房完全一样。我已经看到了照片：一个男人房间住五百四十人，一个女人房间住一千人。它们

① 布列斯劳：它的波兰名字是伏洛次瓦弗（Wroclaw）。

比马房还不如。没有窗户，没有光亮，不通空气，地是潮湿的土地。我又见过一张照片：许多条魔手似的铁轨通过毁灭营的大门一直向各个焚尸所伸过去。

可是整个毁灭营如今就只剩了一些破烂的监房。那许多条铁轨，那堂皇的门面完全看不见了。我看过一篇记载，知道第一座旧式的焚尸所在一九四四年五月改做了防空洞[①]。第四焚尸所在一九四四年十月七日烧

---

① 一九四一年夏天，纳粹屠户们开始在奥斯威辛试用毒气杀人的方法。地点在十一号房的地下藏煤室。被害人是二百五十多个病人和六百多个战俘。等到这些人全部进去以后，纳粹屠户们就用土把地下室的窗户全盖上，然后一个戴着防毒面具的党卫军打开毒气罐，把毒气倒在地上，就锁上门走了。第二天下午党卫军上尉帕立奇（Palitsch）戴着防毒面具打开门进去，看见还有少数囚人仍然活着。于是他们又放了毒气进去，锁上门，过了整整一天，再进地下室去看，所有的人全死了。以后便在第一焚尸所附近修造了第一间毒气房。面积一共是七十八方码。房门都是不漏气的，（转下页注）

掉了。第二和第三焚尸所的设备在一九四四年十一月被纳粹匪徒拆下来搬到另一个集中营去，建筑物也被炸毁了。第五焚尸所在一九四五年一月二十日的夜里纳粹撤退的时候烧光，连墙壁也炸掉了，今天我们到了全世界最大的毁灭营，却只看见一片荒凉。

---

（接上页注）天花板上有一个洞孔，就由这里放进毒气来。这以后毒气杀人的方法更“进步”、更扩大了。在这年秋天在布惹秦加树林中一个农家小屋里成立了一个原始的毒气房，叫做“地下室一”，又在一又四分之一公里外另一个农家小屋里成立了第二个原始毒气房，叫做“地下室二”。到了一九四二年八月在希姆莱视察以后，便开始建筑四个现代化的包含着毒气房的焚尸所，由艾尔福城（Erfurt）的J. A. 托福公司承造，一九四三年上半年就完成了。

第一个小规模的焚尸所早在一九四〇年就在奥斯威辛完成了，那是奥国军火库的旧址，起初纳粹的屠户们把他们杀死的人的尸体全埋在布惹秦加附近的树林中。到了一九四二年春天尸体腐烂，发出有毒的恶臭，使得纳粹的屠户们不得不把那些“万人坟”挖开，将残余的尸体弄出来火化。因此他们才有建筑大规模的焚尸所的计划。

包含着毒气房和焚尸炉的焚尸所是建筑在地底下的，以前人在这里可以看见整天冒烟的烟囱。现在我的脚踏在焚尸所的顶上，我只觉得我在一条年久失修的水门汀路上走着，我只觉得我在一间倒塌了的仓库顶上走着。我俯下头，便看见裂缝和铁筋。我可以把一只手伸进缝里去，但是我却没法使那些炉子和那些房间在我们的眼前重现，让我们详细地知道它们怎样吞食了那五百万无辜的人民。有些地方还挂着花圈，鲜花给荒地添了一点“生”意。大概是什么人到这里来哀吊他们的死者。人是杀不尽的，每个死去的囚人都有亲友！

平日倔强的阿来克斯现在显得沉静了，他的眼光在各处找寻。他在找寻他的父母的脚迹吗？他在回忆那些过去了的恐怖的日子吗？忽然他抬起头看看我们，过后便指着湿润的土地说："这都是烧剩的人骨头啊，这些白色的小东西！"我朝我的脚边看，土里面的确搀杂了不少的白色的小粒。

我默默地望着它们。它们刺痛我的眼睛。可是我却不能把头掉开。"它们也曾经是跟我一样的活人啊！"这个念头折磨着我，一直到我跟朋友们一块儿离开这个地方的时候。

我们又去参观监房。那些破烂的房屋使人觉得它们是荒废了的养马处。房里没有一样东西让人想到在这里曾经住过了上千的人。在这里没有图片，没有模型，也没有任何的陈设。我们看到的不论男监或女监，全是些盖着屋顶的空地，男监和女监自然是分开地设在两处。毁灭营的面积一共是一百七十五公顷，所谓"希姆莱城"（Himmlerstadt）就在这里，当时它是一个繁盛的奴隶城和死亡城。现在就只剩这些破屋和纵横交叉的电网了。从许多文件中，从见证人的叙述中，从焚尸所的残迹上，我们知道德国屠户们曾经企图消灭他们的罪行的一切痕迹。可是现在那无数的白色骨粒就在向世人控告他们。这是最有力的证据。它们告诉了世人：法西斯主义究竟是什么样的东西。

天色仍然阴沉。冷风吹在我的脸上。波兰的冬天的日子是相当短的。我们不会在这里久留了。火车还在站上等待我们。阿来克斯在催我们走。我把告别的眼光投在这一片荒凉的“墓地”上。我想起那几百万被杀害的生命，我想起几年前在这里的生活的情景；我想起那些人，他们被纳粹到处追来赶去，在欧洲各大城市里飘流，最后被骗到这里来，德国政府说是送他们到波兰和南俄去就业，可是一下火车他们就让人送进了毒气

房，东西全给抢光，身体变成了焚尸炉中的灰土；[1]我想起那些人，他们在集中营里受尽

---

① 当时的情形是这样的：犹太人在精神与肉体两方面受尽了非人的待遇和侮辱，在经济上又遭受到种种的勒索和敲诈，而且被强迫着在欧洲各城市搬来移去，找不到一个安定的地方，所以听说在波兰和乌克兰有各种工作留给他们，他们便很容易地给骗到奥斯威辛来了。《德国人在波兰的暴行》里还说："盖世太保（Gestapo即纳粹特务）甚至跟希腊籍的犹太人签订了购买乌克兰小租地和商店的合同。其他的人也得着允许去交换那班关在英国的德国战俘，所以他们一到奥斯威辛马上就问：到英吉利海峡还有多远。他们动身来这里的时候，别人劝他们把工作衣服和一切贵重的东西全带在身边，并且告诉他们说，他们在他们的新家里也需要这些东西，因为每个人都可能做他们自己那一行生意或那一门职业。因此奥斯威辛就成了各种工具、医疗器械和其他的有用的、有值价的东西的大仓库了。每次火车到了奥斯威辛，停在集中营支线的站台上的时候，犹太人全被赶下车来，他们的行李堆在站台上，另有一队由囚人组织的特别工作队来把这些行李搬到一些大仓库里面去，这些仓库叫做'加拿大'，这个名字还是囚人给它们起的，因为它们里面的贮藏品是太丰富了，后来集中营的行政当局也就正式采用了这个名称。同时党卫军的医生们便到站台上来，（转下页注）

侮辱，在纳粹的工厂里耗尽他们的体力，他们献出了自己的一切，只为了最后的一个结局：焚尸所；我想起那些被拆散的家庭，父亲眼看着儿女，丈夫眼看着妻子被人从自己的身边活生生的拉开，带进毒气房去，自己却不得不为那些杀死他们亲人的仇敌工作卖命[①]。我又想起那个整日不断的进毒气房的行

---

（接上页注）在那些新到的犹太人中间挑选了少数适宜于做工的年轻人，而其余的人就立刻被送到毒气房去处死了。所以最先被害的人就是病人，老年人，怀孕的女人，拖儿带女的女人。倘使焚尸所一时容纳不了这许多人，他们就让人关在营里，作为一种储蓄品，不在囚人名册中登记，只要等着焚尸所一空，他们就给人送去毒死。……”

① 一〇二一六〇号囚人崔汗诺威次基（Ciechanowiecki）后来供称，一九四三年三月九日从巴黎附近运来一千两百个犹太人，集中营里只留下一百四十，其余的全送到毒气房去了。另一个囚人谢拉马·德拉公（Szelama Dragon）一九四二年十二月七日到奥斯威辛，同来的人一共是两千五百，可是只有四百人进了集中营。其余的全给毒死了。（转下页注）

列：从别处送来的那些命运已经决定的人直接由火车运去；从集中营里挑选出来的囚人被党卫军押着徒步走去；身体虚弱不能走路的囚人便由卡车载去。我想着，想着，我知道那详细的情形：从火车站月台（就是我们下车的那个月台吧！）到毒气房中间还有一段路，这路永远被囚人的行列连接着，因为人们得等待毒气房里出清尸体。路中间还有卡车来往，专门搭载那些从铁路来的老、幼、

---

（接上页注）根据布惹秦加的B2营里一个区的统计数字，从一九四三年十月二十一日到一九四四年十月三十日这一年中间，一共到过七十六次装运囚人的火车，可是只有七千二百五十三个人留在营里，其余的两万四千六百八十八个人都给送进毒气房去了。所有的女人和小孩全没有留下。

一个叫做雅可布·戈登（Jakob Gordon）的囚人一九四三年六月二十二日到奥斯威辛，他们一共是三千六百五十个人，可是只有三百四十五个人留了下来。其余的人连戈登的妻子，他的四岁半的儿子，他的七十三岁的父亲和六十四岁的母亲在内，马上就进了毒气房。

病、弱的人。路旁两边的沟里站了许多纳粹党卫军，用机关枪对着他们瞄准。一个党卫军大声对囚人说，他们身上太脏，必须进浴室去洗澡消毒，才可以到集中营里居住。囚人们进了焚尸所的天井就被赶进“化妆室”去，在那房间的门上人用德文写着“洗浴与消毒室”（Wasch und Desinfektionsraum），也附得有别种文字的译文。在“化妆室”里还有记着号码的挂衣钉。纳粹党卫军还嘱咐囚人要牢牢记住那些挂衣钉的号码，以后取回自己的衣服可以方便许多。脱完衣服，他们又被带到一个走廊上去，这就是通毒气房的走廊了。毒气房里已经生过了焦炭盆。这热气可以使氰化氢更容易蒸发。这时候纳粹党卫军就露出了真面目，用棍棒打人，支使狗咬人，强迫两千个囚人挤在一个只有二百五十方码的地方。毒气房的天花板上也装得有淋浴的“莲蓬”，可是从来没有水从那里流下来。天花板上另外开得有四个特别的洞。门一关上，房里的空气也被抽出去了，毒气（氰化氢）[1]就从那四个洞里放进来。毒死这一个房间的人最初需要二十五分钟，到一九四四年夏天就减少为十分钟。等到门再打开时，死者都现着一种半坐的姿势。尸体是淡红色的，身上现出来红的和绿的点子，有的人嘴上带着白沫，有的人鼻孔流血。许多的死尸睁着眼睛，许多的死尸紧紧搂在一起。大部分的人都堆在门口，只有少数人留在毒气洞底下。……

我不能再想下去了。我是一个人，我有人的感情啊！我的神经受不了这许多。对着

---

① 毒气罐是党卫军的医生用画着红十字的车子运进来的。有一种开毒气罐的特别钥匙。放毒气和放毒以后关上洞口的盖子，这一类的工作是一个纳粹特务担任的，他当时戴上了防毒面具。

那遍地的白色骨粒，我能够说什么告别的话呢？对着这荒凉的几百万无辜的死者的“墓地”，我能够说什么告别的话呢？然而我能够默默地走开吗？我迟疑着。

就在这个时候阿来克斯来给我帮了忙。他走过来催促地说：

“快走！别的代表团已经走了。我们还要到克拉科去。在那里你们可以看到我们新建立的钢铁工业。我们正在那里建筑一座社会主义的新城。我们波兰人已经战胜了法西斯主义。”他说着，脸上露出了笑容。

“是的，你们战胜了法西斯主义。”我毫不迟疑地回答道。我跟着他走了。

我们又坐大汽车回到火车站去。在那里有着成群的波兰青年捧了鲜花在等待我们。我记起了一个亡友的遗言：“青年是人类的希望。”

# 古城克拉科*

从奥斯威辛到克拉科，我们只坐了两个钟头的火车。在这么短的距离以内，我看到了两个世界。毁灭营里的金黄头发和白色骨粒一直压在我的心上，压得我快要透不过气来。但是突然间，火车停在克拉科车站上了。

---

* 本篇最初发表于一九五一年一月二十八日《解放日报》。发表时题为《克拉科》。

鲜花、旗帜、亲切的脸和欢乐的声音来迎接我们。从四面八方向我们伸过来许多温暖的手。我一点不觉得我到了一个陌生的地方。

的确，克拉科对我并不是陌生的，不单是因为在车站外面我看到了无数的充满友爱的笑脸，而且我也知道这个城市的历史和它的传说。我在华沙还看过波古斯瓦夫斯基[①]的名剧《克拉科人和山地人》(一七九四年)，我喜欢那些姿势优美的跳舞和颜色鲜

---

① 波古斯瓦夫斯基：(W. Boguslawski，1760—1829)被称为“波兰戏剧之父”，他是一个剧作家，又是一个演员。《克拉科人和山地人》一名《假想的奇迹》，描写了克拉科的风俗人情，当地人的恋爱和结婚，又写了克拉科人和山地人中间的隔膜和最后的和解。据波兰人自己说：“这个戏充满着进步的倾向和政治上的讽示，大大地鼓舞了当时华沙的革命的空气。”这个戏是一个四幕的通俗小歌剧，戏里有许多支歌，由意大利音乐家司特番尼(J. Stefani)作曲。

艳的衣裳。

在大饭店三楼过道上一个玻璃橱里，陈列着三格美丽的玩偶，都是些穿克拉科民族服装的少女。就在这一层楼的一个房间里，我坐在宽大的圈手椅上，望着屋角那个方形的棕色大火炉，这是陶器，上面布满了花纹，应当是相当古老的东西了。我抽着从华沙带来的波兰烟，我想起了克拉科的古传说：在瓦威尔山脚下，有一条龙，那是一个非常可怕的东西，它伤害人命，毁灭地上的财富，成为那个地方的大灾星。有一天，一个叫做克拉克（Krak）的人杀死了它，替人民除了大害，人们为着表示感激，就拿他的名字做了城名：克拉科（Krakow）。

这个城市的确有长久的历史，它还是在第十世纪建筑起来的。而且作了将近三百年的波兰京城，到一六〇九年华沙才成为首都。有着将近六百年历史的克拉科大学，曾经一度是东欧文化的中心，现在它还是南部波兰的最高学府。克拉科不比华沙，它被苏联军队解放得快，没有遭受到纳粹的大破坏。所以这个城里还保留着一些美丽的古建筑物，例如圣玛丽亚教堂，那个哥特式古教堂（十四世纪后半期）的两座钟楼还在向世人讲一个悲惨的故事[①]。较高的那座钟楼的尖顶上到今天还戴着一顶金王冠。

一个阴暗的早晨，我和我们代表团里那位气象学家出了旅馆，朝圣玛丽亚教堂走去。我们把那个穿过金王冠向着天空伸上去的黑灰色尖顶望了一会儿，然后回过头到市场去。

---

① 传说当时修建这两座钟楼的匠人是两弟兄，其中有一个更聪明，更勤快，他先修好了钟楼，引起了他的兄弟的妒忌，因此被谋害了。（见N. 希尔的《波兰和波兰的问题》）

天开始下着蛛丝一般的细雨。这市场也应当有很多的年岁了。从那个圆拱门里不断地有人进出。门前是一个广场（这也不是近代的大广场），广场上，离市场不远的地方，稀疏地摆了些小小的卖花摊。成群的鸽子飞来飞去，它们安闲地在广场上散步，没有人赶走它们，它们也并不因为人们走近而自相惊扰。广场外一边是电车轨道。电车驶过的闹声也扰乱不了那些小生物的闲情。这是一个多么安静、和平的环境！

“还有时间，我们到那里去看看，”朋友提议说。

“好。我们的确到了古老的欧洲城市了，”我这样回答。

我们走过电车道，上了广场。雨已经住了。几个波兰老太太穿着朴素的衣服，包着头布，坐在花摊前面。我们走过一个花摊，老太太亲切地对我们微笑。连鸽子也不把我们看作陌生人，它们就在我们的身边结伴游戏。一只白鸽从对面高高屋顶上飞起来，它叫我想起那个别在我的上衣领口的和大纪念章。眼前这个小生物起飞的姿势很像现代大画家毕加索的和平鸽。鸽子正是这个和平的古城的象征。

我们走进了市场。在圆拱顶下面，两旁陈列着货摊。挂的，摆的，堆在一块儿的全是克拉科的土产，那么多的精致的手工业产品。这里是纸做的提包，那里是雕花的木盒。这里是各种样式的木头的烟嘴、烟盘，那里是表现本地人民生活的男女老幼的玩偶。这里是色彩鲜明的克拉科城徽，那里是花朵般的别针。雕刻着本城风景的镜匣摆满一个摊子。装饰着彩色雕花封面的纪念册叠成高高的一堆。谁买一个镜匣，一个木盒，或者一本纪念册，那个中年的售货人就当着他的面，用一把雕刀在底面刻字，那只受过训练的快手可以马上刻出“克拉科”和年月日，或者任何人的姓名来。

我到这个市场来过三次，后面两次是陪朋友们来买东西的。市场并不大，就只有这个笔直的长廊。那一头也是一个出口，人也可以把这里看做一条过道。早晨和下午逛市场的人并不多。到傍晚许多人都来了。我们团里的人来的也不少。我们不是一块儿来的，我们是分组来的，五六个人一组，有的先逛了百货公司，有的先去了文化宫。百货公司和文化宫都在这附近。可是我们在这市场里“碰头”了。在这里我们成了好奇心的对象。不论我们停留在哪里，总有一群年轻人跟着我们，围着我们。有的同志被看得脸红，也有许多同志用微笑去回答那些亲切的注视。

"没有关系，让他们多看看吧，"有人提议回旅馆去，我就这样说。因为朝我们这边射过来的眼光全是和善的、友爱的眼光。"中国人？朝鲜人？"他们用波兰话问道。"中国人，"我回答，于是一个传一个，到处在说"中国人"。

我想起了二十几年前的一件事情：在巴黎乡下一个地方，许多法国孩子跟在我和一个朋友的后面大声嚷着："中国人，中国人！"那种侮辱的声音使我脸红许久。可是今天我听到了亲切的、友爱的声音。"中国人"不再是跟"胆小"、"无耻"、"贪利"、"无能"等等连在一块儿的字眼了。在这里，在波兰，"中国人"的意思只是"从远方来的亲爱的弟兄"。以前在波兰，尤其是在克拉科，是不容易看到中国人的。现在波兰人从报纸和书本上知道了许多中国人民英勇斗争的事迹。

我们在克拉科的第一个晚上，听到了这里的第二十二次交响乐演奏会。在休息时间里我们也受到听众的包围。好些人临时出去买了说明书来，请我们在上面签名。坐在我前排的一个年轻女人会讲几句法国话，她掏出她的工作证，请那个坐在我右面的朋友写上三个中国字。整个的休息时间都在“签名运动”中过去了。没有得到签名的人，都露出一点惋惜的表情。在克拉科，似乎每个波兰人都热诚地欢迎他的从远方来的中国的弟兄。

我们在克拉科就只住了这么一个夜晚。第二天的午夜我们搭原车回华沙去。睡在那个陈设着古老的大火炉的房间里，我做了一夜的怪梦。我在梦中挣扎得厉害，终于带着叫声醒过来。这天上午在集中营和毁灭营里看见的一切，一直没有离开我……那些头发，那些照片，那些假手假脚，那些小孩的皮鞋。……

但是第二天早晨从市场散步回来，我已经摆脱了那些阴影。在楼下大饭厅里用早餐的时候，我也参加了朋友们的愉快的谈笑。那时候我们都很兴奋，因为我们马上要去参观克拉科的新建设，那个被称为“Nova Huta”[①]的钢铁厂和它的那个照社会主义计划建筑的工人宿舍了。

我们分坐在两部大汽车里。汽车缓缓地穿过克拉科的古老的市街，驶出城去。车子在泥泞的道路上颠得并不厉害。波兰友人在车中对我们解释新波兰的建设情况。我注意地听着他的话，不觉得窗外的树木或田地早已完全消失了。汽车停下来，另一部车子已

① “Nova Huta”：新的炼钢厂。

经停在我们的前面。

汽车门打开了。可是阿来克斯不让我们下车。只有他一个人下去。在一座红砖砌的大楼的门前竖立着一个布告牌，就在这布告牌旁边，他正在跟三个波兰人谈话。过了一会儿，他陪着一个人上车来了。

“他是这里的一个工程师，他来给我们解释这里的一切情况，”阿来克斯说，他把这个颊上留着须根的中年人介绍给我们。在招呼或握手之后，工程师坐下来。接着车子就往前开动了。

路的两旁全是一样的红砖砌的大楼，它们都是新建筑的，有的房屋还没有拆去前面的架子，有的窗口或屋顶上还有人在工作。它们并不是紧密地靠在一起的，两座大楼的中间还有一段距离。的确一个新的城市在空地上建筑起来了。

汽车缓缓地前进（它比先前驶得更慢了），工程师也用平静的声音给我们解释在这一大片空地上发生的事情。他讲波兰话，由阿来克斯用英语翻译，再由一位同志译成中文。

这个新城是去年（一九四九）六月动工的，参加建筑工作的人一共是一千五百：五百个工人和一千个青年。先造一百五十所房屋。有七十八所房屋快要完成了，里面有六所这个月底就可以使用。每所大楼可以住二十家人，每一家有两间或三间屋子，另外还有厨房、洗澡房和地下洗衣室。每十五所大楼算一个区。每个区里面有一个小医院，产科医院，百货公司，学校，幼儿园，托儿所，还有一个大的洗衣所，还有图书馆，文化宫，书店，电影院，俱乐部。整个新城一共有四十八平方公里，预备住十万人。建筑计划预定在六年里全部完成。

“这就是我们的工人城，因为这里住的全是钢铁厂的工人。我们还要筑一条三十公尺宽的公路，”工程师带着满意的笑容说，“在新的波兰，工人可以过着好的生活了。可惜时间不多，而且路又烂，我们今天不能够去参观钢铁厂。钢铁厂里头另外有托儿所。”

工程师又谈到建筑新城的情形。他说：“在波兰一个熟练的建筑工人，每天工作八小时，可以砌一万九千块砖。可是最近在这里有一个青年打破了这个纪录。现在在这里工作的人数已经增加许多，熟练工人的数目加到三千，青年也加到了六千。预计明年会有五万人参加工作。在学校念书的青年暑假期间到这里来工作。毕业学生便可以正式参加。乡下来的工人中间有不识字的，每天还有两个钟头学习文化的时间。以后还有学习技术的时间。”

我们中间有一位女同志问起这里有没有女工参加，“有的，幼儿园和托儿所就是女同志造的，”工程师回答。

我在汽车里看完了这个在建筑中的工人城，不由得想起十九世纪初期那些空想的社会主义者的乌托邦的理想。加贝的“意加利”①和傅立叶的“法南市”②只是一些过去的善良人的幻想，但是现在它们被人具体地、科学地而且更合理地实现了。在这里我看到了未来社会的光辉。

汽车准备驶回克拉科古城的时候，工程师跟我们握手告别下车去了。我们感谢他的

---

① “意加利”（Icarie）：法国空想的社会主义者加贝（E. Cabet，1788—1856）的理想国。

② “法南市”（Phalanstère）：法国空想的社会主义者傅立叶（C. Fourier，1772—1837）的理想中的共产社会的组织。

详细的说明和诚恳的态度，我们也感谢他让我们看见了克拉科人民的伟大的成就。他跟我所见到的每一个波兰人一样：朴素，结实，富于信心，而且充满朝气。他们全爱他们的新国家，并且都在尽自己的一份力量要把他们的国家建设得更美好。

我们的汽车一直驶到王宫门口。这是好几百年以前的波兰故宫了。建筑的规模并不大。在三国瓜分波兰的时候，这个地方落到了奥国侵略者的手中。宫里国王的宝座也早被搬到维也纳去了，第一次世界大战后波兰复国时也没有能把它找回来。据说在纳粹占领克拉科的时期中，这个放宝座的大殿便是纳粹头目的电影室。现在墙壁上还留着好几个方形的小洞。

宫里冷得很。墙上挂的许多王族男女的画像都现出冷冰冰的面孔。连光滑的地板也射出逼人的寒光。跟那个充满生气的工人城比起来，这里简直成了高贵的囚牢了。

我从这里回到旅馆，已经是午后一点钟了。我又坐在老式圈手椅上面，我又望着那个棕色大火炉，我又想起克拉科的古传说，那个毒龙的传说，然后我又想到正在建筑中的社会主义的新城。这时我忽然记起了两天前在华沙读到的书里的一段话：

> 不管战争的毒龙怎样吼叫，我们今天就在这个克拉科的城郊建设了一个欧洲最大的炼钢厂。当我们想到会有千万吨生铁不断地从那个新工厂的熔解炉中流出来，给我们炼成千万吨钢的时候，我们就开始笑了。……

这就是克拉科人对战争毒龙的答复。每

一个克拉科人都记得他们的光荣的城名的来源。他们骄傲他们有过杀死毒龙的祖先，他们自然也会承继他的光辉的事业。

1951年1月在上海。

# 《灰阑记》*

我们在克拉科看了一个中国戏，就是瓦吉斯瓦夫·多布洛渥尔斯基（Wladyslaw Dobrowolski）教授改编的《灰阑记》。多布洛渥尔斯基教授是当地的一位汉学家。他也许能念中国书，可是他不会讲一句中国话。

* 本篇最初发表于一九五一年一月三十日《文汇报》。

他的大皮包里面有一本日本话字典，是袖珍本，我只看见那深蓝色的封面，却没有看清楚上面的字。当时他把书从皮包里掏出来，在我们的眼前晃一下，便又放回去了。听见他说这是日本话字典以后，我才知道它不是别的书。

多布洛渥尔斯基教授是一个诚实而有趣的人。他会讲英国话，而且讲得很快。他说话时总是现出匆忙的样子，好像要立刻把所有的话讲完就走开似的。我们到克拉科那天，在旅馆里休息了半点多钟以后，到楼下集合，准备去参加音乐会。那时他到旅馆来了。我们许多人都在楼下。他向我们自我介绍一番，我们就成了熟人。这种情形在欧洲是常有的。而且他来邀请我们第二天晚上去看他改编的戏《灰圈》，他说这是中国的故事，是一个叫做包拯的官的故事。他给了我们几张波兰文的戏单，戏单上没有“本事”，只有“演员表”以及编剧、导演、装置、服装各方面负责人的名字。封面上印了一幅魁星的画，注明：根据中国的民间木刻。戏在国立青年剧院上演。原作者是十三世纪的中国剧作家 Li Hsing Tao。

我们看了戏单，又听了他的简单的故事说明，大家都想不出这是什么东西，所以就有人笑着说：“这不过是包公案罢了。”又有人问那位教授戏是从哪一天起上演的？问话的人也许还以为这个戏是专门为着我们演出的呢。回答是：已经演了七十几场，很受观众欢迎。我们没法抽出较多的时间跟多布洛渥尔斯基教授谈话，因为汽车在门外等着我们，音乐会也在等着我们。

第二天晚上八点钟我和两个朋友参加了当地作家的小规模的座谈会，从文化宫赶到青年剧院时，场子里灯光已经暗下来，正奏着音乐，幕还没有升起。多布洛渥尔斯基教授热烈地欢迎我们，把我们安置在很好的座位上。另外还有六个中国代表比我们先到，他们是直接从旅馆里来的。我们代表团里面好些人对包公案不感兴趣，而且就在这晚上十一点钟，我们得赶到火车站搭原车回华沙去；有些身体差一点的代表需要在旅馆里多休息一忽儿。

幕终于升起来了。布景相当简单，但也不讨厌。我们看见了女主角张海棠的家庭，她的母亲和她的哥哥；然后是那个花钱讨了她去作小老婆的马员外。他们全说波兰话，服装和动作跟我们离得很远，生活也跟我们离得很远，虽然故事是我们熟习的故事。

一个会讲法国话的波兰人坐在我旁边，他给我解释剧情。要是没有他的解释，我看序幕就会莫名其妙。但了解了序幕的剧情之后，即使没有他的说明，我也可以明白整个故事的发展和结局了。

第一幕演完换幕的时候，多布洛渥尔斯基教授过来跟我谈话，他从大皮包里掏出一本书来给我看。这是一本旧的波兰书，里封面有长长的一行中国字："包待制智赚灰阑记，李行道著"。波兰文译者是颜·威卜勒尔（Jan Wypler）。"我就是根据这本书改编的。"他匆匆忙忙地说，我还没有时间对他发表我的意见，场子里的灯光又灭了，他连忙站起来回到后一排的座位上去了。

故事并不复杂，我可以毫无遗漏地把它重述出来。一个姓马的员外讨了歌伎张海棠做小老婆。张海棠在马家生了一个男孩，颇得丈夫宠爱，因此引起了太太的忌妒心。太太私下跟县衙门里的赵师爷相好，反倒在丈夫面前讲海棠的坏话。有一天海棠的在外流浪的哥哥张林来向海棠要钱，海棠听了太太的话把她的衣服首饰托太太交给哥哥拿去变卖。太太出去却对海棠的哥哥说，海棠不肯帮助他，这衣物是太太自己的东西，就用这个方法离间了他们兄妹的感情。等到丈夫回来，太太又对丈夫说，海棠把衣物给了情人。海棠受了丈夫的责骂，也无法辩解。丈夫气得生病，太太跟赵师爷商量好了，把毒药放在药碗里，叫海棠拿去伺候丈夫吃药。丈夫死去以后，海棠立刻被太太赶出马家。海棠向她讨还自己生的五岁的小孩，太太反而说孩子是她生的，并且到县衙门去控告海棠毒死丈夫。县官苏顺是一个糊涂虫，他相信赵师爷的话，把海棠屈打成招，押到开封府去定罪。但是在押解途中，海棠遇见了她的哥哥张林，终于把真相对他说明白，兄妹间的误会消除了。张林正在开封府当差，便带着妹妹和那两个押解的公差一块儿到包公那里去告状。包公审案的方法很简单，他把马太太、赵师爷和马家小孩都找来了。他叫人在公堂上画了一个灰圈，叫小孩站在圈里面，要两个女人同时过去把小孩拉出圈来。他说谁把小孩拉出来，谁就是小孩的母亲。她们拉了两次，小孩都让太太拉走了。包公叫人打海棠。海棠辩说，她不愿用力拉她的孩子，害怕会折断他的手臂，就是将她打死，她也不肯把孩子拉出灰圈。包公明白了谁是小孩的生母，便逼着真正的罪人认罪。

故事就在这里结束了。这的确是道地的民间故事。我在将近三十年前也曾读过李行道的《灰阑记》（我的大哥有一部商务印书馆出版的《元曲选》），但现在已经把它忘得干干净净了。不过我相信多布洛渥尔斯基教授改编的本子跟原著不会相差多少，只除了那些在幕与幕之间的插曲。那些插曲完全是改编者加添的，跟原戏并无关系。它们全是些古怪的跳舞，有的是从印度来的，譬如敬神舞；有的是从不知什么地方来的，例如“茶礼”之类，有的在跳舞之外还有歌。总之这完全不是中国的东西。其实几个插曲在这里都是多余的，实在没有增添它们的必要。我把这意见对我旁边坐的那位波兰友人说了。他似乎是副导演，或者是剧院的一个高级职员。他要我多多发表意见，但是我没有多少空时间。因为在休息时间里，有一个女画家过来客气地要求我允许她给我画像。我自然允许。我在这里受到尊敬，只是因为我是一个中国人，一个从中国来的代表。

关于插曲，波兰友人接受了我的意见。从赵师爷的脸相和装束看来，他应当是一个过去的日本武士。波兰友人对这问题的回答是：“照我们欧洲人的看法，这种脸相是属于撒旦型的。我们想象中的魔鬼脸就是这样。我们认为用它来表现坏人是再适当不过的了。”他说得不错，欧洲戏里面的魔鬼的脸相果然是这样的。“不过这不是中国的东西啊，”我这样说，“而且包拯的脸被画成了铜像一样的脸，他说话的神气也不像是一个人。”“是的，我们也知道。我们尊敬中国，我们想更进一步地了解中国。可是我们没有材料，不但没有现代的材料，连过去的材料也没有。我们好不容易地弄出这样的一个戏来。我们当作一件严肃的工作在做。我们只好从波兰的书本里找寻种种有关中国的材料。可怜的是我们里面没有一个人到过中国，没有一个人会写中文，说中文，念中文。我们更不知道十三世纪的中国人做什么动作，穿什么衣服。”他诚恳地说。停了一下他又接下去问一句：“你觉得演员怎样？”

“演员么，重要的演员都不错。张海棠演得非常好，她的感情是真的，这的确不容易。我看见好些人哭了。”我也诚恳地回答他。这是真话。张海棠真的在台上流了眼泪。在台下有好些波兰女人掏出手帕在擦眼睛。似乎全场的人都在用严肃的眼光看戏，而且在那些跟他们目前生活相差得很远的风俗、习惯、装束和动作中看出了人类的共同的感情来。尽管包公坐在那里像一尊铜像，说话时连手也不动一下，尽管那个糊涂县官把两只手插在衣袖里一跳一跳地走出来，尽管赵师爷像一个打败了的日本武士或者穿着东方文士衣服的魔鬼撒旦，尽管县官升堂挂出一块牌子，上面写着一些连中国人也不认识的中国字，尽管改编者在原剧中间加上那些古怪的插曲，我看完这个戏，我也受到了感动。张海棠的命运抓住了我的心。我觉得她是我们自己中间的人。她是有生命的，有感情的中国人，不管她穿什么衣服，说什么话。而且她的衣服也并不比我们在自己的古装戏里面见到的更难看，或者更不像中国女人的服装。

这个戏已经演了七十几场，而且似乎还要演下去，倘使我们不帮忙波兰友人找到新的可靠的材料的话，这个戏似乎要永久地演下去。在我们几个看过戏的代表中间，各人有各人的意见。我个人对这戏是抱有好感的，虽然我不赞成那些插曲。但是有一点我却无法否认：要了解现在的中国，看这个戏是没有用的。它至多不过让人知道早在十三世纪，中国就有这样的好戏罢了（在当时说自然是好的）。

散戏时我在走廊上看到《灰阑记》的大

幅广告，有着这三个中国字，可是把“灰”字写成了“炭”。而且三个字都像是从小孩的笔下写出来的。我回头把它们望了几次。

是什么东西支持着这许多工作人员在几乎是不可能的条件下面完成了这么一件困难的工作呢？是什么东西鼓舞着这几个演员给那些对他们是非常陌生的脚色添了生命呢？是什么东西把成千成万的克拉科市民拉到青年剧院来聚精会神地看几百年前的东方古国的“悲剧”呢？

从旅馆到火车站的途中我一直想着这些问题。其实它们是容易解答的。而且当火车开动的时候，我站在走廊上望着窗外那些挥动的手，我更带信心地对自己说：我找到解答了。

是的，这要不是出于对新中国的敬爱，还能够是什么呢！

# 第二届世界保卫和平大会*

## 一

第二届世界和平大会本来决定一九五〇年十一月十三日在英国的设菲尔德（Sheffield）召开，因为设菲尔德是一个钢铁工业的城市，

---

* 本篇最初发表于一九五〇年十二月二十五日《人民日报》。发表时题为《第二届世界和大的印象》。

又是英国军事工业的中心，在战争贩子们普遍地嚷着“第三次世界大战就要爆发”的时候，在那里召开和平大会，是再适当不过的了。

召开和平大会自然是一个和平的企图。可是英国政府却想尽千方百计，阻挠破坏，扣留请帖（筹备会发往中国的三十七件请帖都被扣留了），割断电话，甚至出动了海陆空三方面的人员，阻止各国的主要代表进入英国国境。因为参加马歇尔计划的欧洲国家彼此间已经废除了签证的手续，我们中国人去英国要事先得到护照的签证，法国人和意大利人到英国去，就用不着经过这种手续。法国代表、世界和大的秘书长拉斐特（J. Laffitte）已经飞到了伦敦，可是他刚刚下飞机还没有走出机场，就被英国的军警拦住，接着就被逼迫搭原机回巴黎去了。意大利代表，世界和大的副主席南尼（P. Nenni）也是到了英国又被赶走的。苏联代表法捷耶夫、爱伦堡、西蒙诺夫和别的许多人，中国代表团团长郭沫若和大部分的中国代表都没有得到英国的签证。英国政府不敢公开禁止二届世界和平大会的召开，它只好假造一些别的理由。它说设菲尔德城容纳不了两千多个客人，没法给那许多代表们找到适当的住处。可是立刻就有七百个工人出来说他们愿意把他们的家让出给代表们居住。英国政府又说："你们不能使他们住得舒服，你们更没有好的饮食招待他们。"那些工人马上答复它："那没有关系，我们正可以让他们看见我们英国工人住的是什么样的地方，吃的是什么样的东西。"可是英国政府还是不肯让和大的代表入境。在这种情形下面，二届世界和大实在无法在英国顺利召开，所以和大执行局临时决定把大会延期三天，并且改在波兰首都华沙举行，因为波兰人民一致热烈地欢迎全世界爱好和平的人到华沙来。

十一月十一日早晨我们在莫斯科得到了这个消息。第二天我们便动身到华沙去。从莫斯科到华沙，我们要坐一天半的火车。我们当时倒有点替华沙和大的负责人担心。要在短短的五天半的时间里面布置一个两千多人参加的大会，解决两千多个客人的食、住、行的问题，的确不是一件容易的事，况且华沙是一个受战争损害最大的城市，德国侵略者把华沙城大烧过三次，被毁的房屋在百分之八十以上，整个旧城几乎全烧光了。

但是我们到了华沙，在大汽车中看见灯火辉煌的市街，在现代化的招待所里看见波兰友人的亲切、愉快的脸，那些充满了自信的年轻的脸，我就放心了。波兰人已经在华沙的复兴工作中完成了奇迹，他们一定会完成更多的奇迹。

大会果然在十一月十六日晚上七点半钟如期开幕。一千七百五十六位代表，一千多位来宾、旁听者、记者和工作人员有了一个宽敞的会场，从八十个国家里来的两千多个客人有了舒适的住所。一切进行得非常顺利。新的奇迹发生了。这是那许多波兰工作人员用勤劳的工作换来的。他们不休息、不睡眠、整日整夜地工作，居然在五天半的短时间里做完了一般人在五个月内做的事。

## 二

大会一共开了七天，到二十二日下午七点左右闭幕。会期延长了一天，因为一、发言人数加多；二、政治委员会中讨论《致联合国书》这个重要文件的时候，代表们踊跃发言，一直到早晨四点钟才得到一致的协议。据说政治委员会主席南尼耐心地坐了十二个钟头，没有走动过一次，也没有露出丝毫的倦容。

大会之外还有七个小组会。政治委员会便是七个小组会中最重要的一个。它负责起草大会的两大文件:《告全世界人民书》和《致联合国书》，其他六个小组会的决议的要点也得包含在它们里面。小组会与大会同时举行。小组会由各国代表团自由报名参加，人数多寡不等。小组会会场不在一处，有的在大会的饭厅，有的在电影室。有时我们开完小组会，还可以回去参加大会。而且小组会常常是在大会进行的中间举行的。我因为参加文化交流委员会，错过了听朝鲜代表朴正爱发言的机会，也没有看见中国代表们举起她、送回主席台去的动人场面。我只看见她站在主席台的长桌上受人欢迎的照片。

小组会使用的语言，有法文和英文两种。文化交流委员会开了第一次会，就跟经济合作委员会合并了。主席是法国代表香伯龙（R. Champeiron），他可以讲英文，不过他也请了一位印度女代表来担任英文译员。有些代表不懂英、法文，只得临时邀请一两位懂他们的语言而又会讲英文或法文的代表给他们帮忙。有时英国或美国的代表讲话，也由这位印度女代表翻译成法文。她是一个模范的工作者，常常译到口干声嘶，她的脸上仍旧带着笑容。有一次一位墨西哥代表讲话，由一位阿根廷代表译成法文，而这位印度女代表又用法文译了一遍，直到别人笑着提醒她不该用法文来译法文时，她才明白自己的错误，改说了英国话。苏联代表团中参加文化交流委员会的有作曲家萧斯塔柯维奇和电影导演普脱伏金和别的两位。普脱伏金还是这会的副主席，他提出了很好的关于文化交流的具体的建议。后来他又被推举为起草决议的三人委员会中的一个委员。大会发表的关于文化交流的决议中就采用了他的意见。

大会开得很成功。出席大会的代表是那样地多，发言的人也有一百二十位。每一个代表发言，同时有八国话的翻译，谁只要懂得中、俄、英、法、德、波、意、西八国语文中的任何一种，戴上耳机就可以听懂全体代表的发言，不感到丝毫的困难。代表们来自不同的国家、种族和阶级。他们有不同的政治思想、宗教信仰、伦理观念，可是他们有一个共同的目标：和平；他们有一个共同的信念：和平战胜战争。在华沙城内许多高大建筑物上面都挂着红底白字的波兰文标语：和平战胜战争。这正是每个到华沙来的代表所想的、所相信的。

这是一个团结、和睦的大会。从大会的全体代表来说，大家都是团结的、和睦的。单拿中国代表团来说，我们也是团结的、和睦的。十月三十日我在北京东站上火车时，我连许多中国代表的名字也叫不出来，可是在华沙，我们相处有如兄弟姊妹。

这次的大会跟一九四九年巴黎—布拉格的大会不同，是一个行动的大会。上次的大会表示了保障和平的愿望，说明了保卫和平的必要。这次的大会讨论了、决定了行动的方法。这次的大会给全世界人民证明了一个事实：和平的力量已经成了一个巨大的国际的力量。这个力量是可以给世界争取到和平的。所以许多在上次巴黎—布拉格的和大开会时候迟疑等待的人现在都加入到和平的阵营里来了。一千七百五十六个种族不同、宗教不同、政治思想不同的正式代表一致通过了大会的重要的决议。这些文件可以说是大会的最高的成就，而且是和平运动的纲领。大会还选出了一个世界和平理事会。这是保卫和平的最有力的领导机构，也就是世界人民的最高的议会。二百二十二位理事都是世界各国的有代表性的人物。世界和平理事会一定能够完成它的任务。它的力量超过联合国，它的任务也要超过联合国。联合国已经违反了它自己的宪章，成为杜鲁门主义的美国外交政策的工具，和大西洋联盟的附属品了。联合国内并未包含全世界的国家，而世界和平理事会却得着全世界人民的拥护。

这次的大会澄清了那些错误的“等待”

和“妥协”的观念。大会号召全世界人民用行动保卫和平。两大文件的主要精神，就是反抗侵略。因为在朝鲜已经发生了侵略的战争，朝鲜的人民成千成万地死在美国侵略军队的炸弹下面。和平不仅受到威胁，和平已经受到了打击。要是在这个时候爱好和平的世界人民还不起来保卫和平，那么他们便会遭受到战争的灾祸。所以朝鲜人民的坚强抗战和中国人民的抗美援朝的英勇行动，得到了大会全体代表的热烈的支持。大会谴责了美国军队在朝鲜的罪行，并且主张组织国际法庭追究麦克阿瑟的责任。大会还通过了合理的和平解决朝鲜问题的方案，和促使美军停止侵占台湾的决议。大会甚至申诉了弱小民族的痛苦，谴责了对世界和平有极大威胁的殖民政策。大会的确是在非常坚实的基础上建筑和平大厦的。

# 三

这是一个热情的大会，友爱的大会。有人描写正式大会的第一天说："这是一个感情的日子，这是一个伟大的日子。充满了温暖，充满了微笑，充满了信心……"的确，我们坐在中国代表席上偶尔掉头四顾的时候，我们看见从世界各地方来的亲切、诚恳的面孔，我们的这种信心更加强了。

那一天实在是一个叫人不能忘记的日子。当主席约里奥—居里宣读他的报告（大会的第一个报告）的时候，整个会场都注意地听他讲话，静得简直听不见一点别的声音。临到他走下讲台时掌声像雷似地响了。代表们全站起来，用掌声和欢呼送他回到主席台上去。老戈登夫人也在这个上午发言，她的颤抖的声音仿佛就在每个人的心上响着。我们的心都给她的话抓住了。她最后说："让我们努力工作，我们要使母亲们以后不会再为她们在战争中被杀害的儿子哀哭了，我们心里以后也不会再有仇恨了，那时我们的心只知道为着幸福与进步养育我们的孩子的快乐。"响彻全会场的掌声表示了人民一致的感动。的确，谁又不曾做过母亲或孩子呢？谁又不曾经历过过去的痛苦，憧憬过未来的幸福呢？

突然间大家的眼睛亮了。会场中出现了虹彩：这是彩色的衣服，波兰的少女们到会场里来了。她们穿着一百年前的衣服，每个地区有每个地区的服装。在这儿我们看见了整个的波兰。一群穿着色彩绚烂的古装的女子围着一个黑衣的妇人，这是一个波兰的母亲，她来向代表们诉说波兰女人的痛苦和波兰女人的愿望。

她没有流泪，但她的话语却是用多少年的血泪换来的。她说：

“我们波兰女人知道得很清楚，战争是怎么一回事。我们代表里面没有一个女人不曾失掉她的亲人。在波兰有六百万的男人、女人和小孩在战争中死亡了。现在还有一百五十万的孤儿在哀哭他们的父母。难道牺牲、流血和受苦还没有够吗？”

“我们从这里回家去的时候，我们坚决地相信大会会找到有效的方法保护波兰的母亲和孩子，以及全世界的母亲和孩子，不再遭受到另一个战争的灾祸。”

一个女子带着满捧的鲜花走上了讲台，她说：“我们刚收到从尼斯送来给代表们的花。尼斯到华沙有很长的路。可是那个城市的居民爱和平，因此我便把这些花送给华沙城，为着它对大会的代表们的殷勤的招待。”

“博孤伊！博孤伊！博孤伊！”少女们的清脆的、愉快的声音叫起来，别的人声跟着高呼，响成了一片欢乐的歌声。声音稍停，接着爆发起一阵轻快的拍掌声，好像一大群鸽子突地拍着翅膀飞起来一样。的确，鸽子飞起来了。那是印在和平围巾上面的白鸽。少女们把围巾投向各个代表。我们很奇怪，这么多的围巾是从哪里来的。它们飞着，飞着。得到它的人，女的立刻把它包在头上，男的拿它去围头颈。一切动作都是非常自然的。人们彼此以诚心相见，有如一个和睦家庭里的兄弟姊妹。

在这里我们的确看到了未来世界的远景。

可惜这远景却是在另一些地方的人看不到的。美国代表阿卜好斯（W. Uphaus）就给我们讲了一个故事：一个旧金山的小女孩听见她哥哥讲过原子弹的恐怖以后，对她母亲说：“妈，我们可以不可以到一个没有天空的地方去？”

我们不要笑这个美国小女孩，我们应该诅咒那些战争宣传者，他们多么残酷地伤害了纯洁的孩子的心灵。孩子是我们的未来，我们的希望。单是为了孩子，我们也应该起来保卫和平。

# 后　记*

收在这个集子里面的五篇文章，只是我的“波兰杂记”的一部分。关于波兰，可写的东西应该不只这么一点。可惜我只在那个国家里住了短短的两个星期（一九五〇年十一月十三日到二十六日），而且大部分的

* 本篇最初发表于一九五一年三月十九日《文汇报》附刊。发表时题为《序〈华沙城的节日〉》。

时间都花在会场和戏院里面。但是我爱波兰，我爱这个在战争中受害最大，而解放后又复兴得最快，并且已经由农业国走上了工业化的大道的新波兰。同时我也爱那许多充满朝气的把我们当作弟兄看待的波兰友人。这几篇“杂记”都是在深夜里写的。当我执笔构思的时候，常常有一些波兰生活的回忆来搅乱我的思想，常常有一些热烈的友爱的场面来搅乱我的思想，我觉得自己驾驭不了我的这管笔，我不能把那许多应该写的东西一下子全写出来，于是我索性放下笔，让我畅快地在回忆里去重过那两个星期的生活。每当我这样做的时候，我的脑子里总是装满了那些带着亲切的微笑的脸孔：阿来克斯，达吉安娜，布拉诺瓦，还有一些我一时叫不出名字来的，更有许多我根本不知道名字的。那些脸孔全是我熟习的。就在这落着雪的上海的正二月的寒夜里，那些波兰友人的脸孔也给了我温暖。它们不仅暖了我的心，也暖了我的笔。靠了它们，我写完了《华沙城的节日》，写完了《古城克拉科》，写完了《灰阑记》；靠了它们，我也写完了《奥斯威辛集中营的故事》。是的，跟那些亲爱的友人一块儿欢笑，是容易的；然而要是没有他们的温暖的友情，要是没有新波兰的欢乐的声音，我怎么能够摆脱这鲜血淋淋的记忆，我怎么能够写完这人类受难的记录呢？

在《奥斯威辛集中营的故事》里，我不仅写了我亲眼看见的，我还写了书本上详细记载着的。我已经写得很多了，但是我写得还不够详细。真正发生过的事比我所看见的，比我所写的更惨，而且惨得多。有些中国读者也许不肯相信这一类的事实，这也是“人之常情”，因为书本上就记载着：起初有犹太人从集中营逃出来，告诉他的一些同胞：纳粹匪徒怎样在集中营和毁灭营里杀人，叫他们不要相信纳粹匪徒的大谎话，听话的人反而疑心他在撒谎。他们终于顺从地给纳粹匪徒骗到集中营和毁灭营去，等到他们发觉受骗的时候，自己已经被关在毒气房里，氰化氢开始从天花板上的洞孔里灌进来了。

关于集中营和毁灭营，可写的材料实在太多了，因为它们是和法西斯主义分不开的，它们的故事里面也包含了法西斯主义的全部的历史。我还想写一篇《布痕瓦尔特的故事》，那就是整个德国集中营制度的历史了。

“杂记”的第五篇是根据去年十二月十九日在中长路的通车里写好的初稿改写的。二届世界和大给我的印象太深了。这篇简略的介绍文章只是一个开端而已。我应该写一些更有系统的东西来介绍这个团结的、和睦的、热情的、行动的大会。

提到二届世界和大，我就想起那一个星期中紧张的、兴奋的生活，我更忘不了那些时候跟我在一起的中国代表团的同志们。我手边一本纪念册上还留着他们每个人的亲笔签名。这是友爱的纪念。望着这些名字，我没法制止我的感激之情。我说过跟他们相处有如兄弟姊妹，话里面并没有虚伪、夸张。他们在各方面给了我不少的鼓舞和帮助：在学习上指导过我，在生活上照料过我。在冰天雪地的火车中，他们的友爱给了我更多的温暖。对他们我找不到适当的感谢的话，让我把这本小书献给他们每一个人吧，因为它不仅是一个友谊的信物，而且在我的每一篇拙劣的“杂记”里面都有他们的面影，是他们跟我在一块儿生活过这些日子，经历过这些场面的。在这些日子里我们跟八十个国家的一千七百多位代表在一块儿拍手欢笑，并且高呼“保卫世界和平！”

巴金　2月11日夜2时半。

# 附　录

# 愤怒的哭声*

二月六日的夜晚，我走过冷清清的一条马路，还不到十点钟，马路上就不见行人了。当我转进横街的时候，从一个墨黑的弄堂口送过来一声低泣。黑暗中我看不出人影。寒气透过衣服刺到我的背脊，我立刻打了一个

---

* 本篇最初发表于一九五〇年二月十六日上海《解放日报》。

冷噤。我加快脚步往前急走。哭声似乎从后面追过来，而且声音提高了。我迈着快步子不停地走着，我想躲掉那哭声。可是哭声却越来越高。我整个脑子都给哭声充满了。

我走进一个没有灯光的弄堂，我摸索着回到了自己的家。我点燃了煤油灯。我对着灯光坐着。我仍然听见那哭声。我赶不走我脑子里的哭声。我听着，我静静地听着。

我不是在做梦。我知道，这哭声并不是空虚的，并不是假的。在这个时候全上海不知道有多少人在哭。不知道有多少家庭残破，多少生命毁灭。不知道有多少人在冷风里，马路边，弄堂间度过这一个寒夜。因为我用自己的耳朵听见，用自己的眼睛看见：从台湾飞来的十二架最新式的飞机，十二架美国文明的产物给这个和平的、欢乐的城市带来了毁灭与死亡。

夜更冷了，灯光照不亮整个房间。到处都是黑影。在我的四周听不见一声欢笑。哭声继续着，提高着。我的心更加烦躁不安了。我呆呆望着煤油灯玻璃罩内的一团火光。我的眼睛发痛。我的手脚发麻。我站起来。我在屋子里走了两步。我又坐下去。我觉得我的眼前是一片血迹。我又看见了血。我不能再看那灯光。我快要失去控制自己的力量了。我拿了一本书，翻开来，我读着我自己的文章：

> 对于这样冷静的谋杀，你有什么话说呢？你不能在这里看见更大的鬼畜性和残虐性么？自然你没有看见一个断臂的人把自己的一只鲜血淋淋的胳膊挟着走路；你没有看见一个炸毁了脸孔的人拊着心疯狂地在街上奔跑；你没有看见一个无知的孩子守着他的父母的尸体哭号；你没有看

见许多只人手凌乱地横在完好的路上，你没有看见烧焦了的母亲的手膀还紧紧抱着她的爱儿。哪一个人不曾受过母亲的哺养？哪一个母亲不爱护她的儿女？……自己躲在上空挟最新式的利器攻击下面没有防卫能力的人民，杀死无辜的母亲，流年轻儿女的血，这不仅是冷静的屠杀，便称之为卑劣的胆小的谋害，和变态性的虐杀狂的表现也不为过……

这是我在十二年前写的文章。那是日本法西斯蒂的侵略者开始用最新式武器屠杀中国人民的时候。

我又翻开另一本书，读着：

我压抑下愤怒的火焰看了那些残毁的房屋，我看见连头发和衣服黏贴在地上的带血的人皮，我看见排列在郊外街巷里的无名的尸体。有一次我踏过还在冒烟的瓦砾堆，陪着朋友去探望他的故居，我们已经无法在火堆中找出遗物了。……我望着一家旅馆的高门楼烧断，让砖石和焦木带着千百点细小的火星崩塌下来。在那山洪暴发般的巨响之后，我听见一个男人尖锐地在废墟上发出“救命”的呼号……

这是我一九三九年在桂林写的短文，那一天桂林城刚刚遭了日本飞机的第四次的狂炸。

但是今天，在日本帝国主义已经战败之后，我居然又看见了那一切景象的重演！十二年前，十一年前……的血跟今天的血混合在一块儿，那是一样的血，一样的中国人民的血！

我的心跳得更急。我的头脑发热了。我阖上书。我制止不了我的心发问：

是谁使得中国人民的血在流呢？难道是中国的孩子飞在中国的天空中来残害他们的父母兄弟？

“不！”我这样地叫起来。不会是中国的孩子。人不会没有心肝到亲手杀害他的父母兄弟的。我的周围明明在响着中国母亲的哭声。

那么十二年前，十一年前——的惨剧又在我的眼前重演了。在美帝国主义指使之下，日本的法西斯蒂和中国的残余反动派联在一块儿利用着美国文明的产物对这个和平的欢乐的城市在开始新的屠杀了。

那些染满了同胞鲜血的手又牵着曾经杀害过无数中国人的帝国主义者的手来谋害更多的中国人民的生命了。那么今天的还有上一个月的，上一个月以前的断肢残臂、血肉模糊的景象还只是一个开始吧。帝国主义者、法西斯蒂以及中国反动派的好梦中最完美的景象，大概是：全中国人的鲜血把土地与河面染红，尸体狼藉地阻塞着道路吧。

但这是办不到的。全上海的人民以及全中国的人民也不会让它办到的。而且物质的损坏并不能摧毁一个大城市的战斗的精神，人的死亡和血的奔流只能够增加我们的战斗的决心。四万万七千万人的团结的力量是任何暴力所不能阻止，所不能抗拒的。而中国残余反动派的消灭、法西斯蒂的灭亡和帝国主义的溃败倒是指顾间的事。偿还血债的时候马上就要来到。现在他们在替自己挖掘坟墓了。

我想到这个，我的心倒宁静了。我明白我四周的哭声并不是悲伤的哭声，这是愤怒的哭声，控诉的哭声。它是从无数的受害者的心底发出来的。它不会停止，它会造成巨大的力量，它会照亮这个黑暗的寒夜。

在愤怒的哭声之后，就会有欢乐的笑声。

# “会”把我们更紧密地团结在一起*

我是从北京赶回来参加上海的首届文代大会的。

在火车的车厢里，我看见在晨光中微笑的江南的景物，我制止不了我的心的狂跳。“我赶回来了。”我高兴地想着。我没有来迟。

---

* 本篇最初发表于一九五〇年七月二十四日上海《文汇报》。

巴望了两个月，我一直耽心着会错过了的大会，现在到底给我赶上了。

“会”，“会”是我的，我们的家，一个“甜蜜的家”。我们五百多个从同一个大家庭出来的儿女在外面工作了长时期以后，现在第一次回到老家来。这应当是一个多么欢乐的聚会。我们会亲切地相对微笑，我们会关心地互问健康。然后我们会无拘束、无顾忌地谈论彼此的生活和工作，互相交换经验，互相贡献意见。我不是带着空虚的心回来，我更不会带着空虚的心离开。我需要友爱，“会”要给我温暖；我感到能力薄弱，“会”要给我帮助。离开了“会”，我只是孤立渺小的个人，生活在自己弟兄姊妹的中间，我对工作才有更大的信心。“会”把我们大家更紧密地团结在一起，“会”加强友爱的空气。团结是为了工作；友爱可以鼓舞工作的热情，把我们的力量统一起来，各人尽自己的本分去参加新中国新上海的文化建设的工作，因为我们是中国人，而我们的工作地点又是在上海。

# 为一年伟大胜利而欢呼*

一年前的今天，在北京，夜晚十点钟以后，我从天安门回到了宿舍，听着远远近近的锣鼓声，我兴奋得不能阖眼，我坐在桌子前面，拿起笔在纸上写着，我一直写到深夜。我反复地写着同样的一句话：“占人类总数的

---

* 本篇最初发表于一九五〇年十月一日上海《解放日报》“为一年伟大胜利而欢呼——各界人民国庆发表感想”专栏。此处即借用该题。

四分之一的中国人从此站立起来了。”

要是我们回想到过去的那些日子，那些痛苦的日子：在自己的土地上被人当猪狗看待；让人随意炮轰枪杀，拳打脚踢；土地让人随意占据，家屋让人随意破坏，生命让人随意毁灭；自己忍饥挨饿，受冻耐寒，养肥了冒险家让他们来加强地剥削，把美丽的土地变成了他们的乐园；自己为奴为隶，让妻女受侮被辱，小孩流浪在街头；在工厂里廉价地出售劳力，在写字间单调地消耗生命，使得白手的冒险家建造了高楼大厦，享受了无比的豪华……这百年来有多少撕裂人心的痛史！有多少不平不义的故事！有多少牺牲掉的有为的生命，埋没掉的卓绝的才能！还有无数说不尽写不完的奇耻大辱啊！然而现在那一切，那一切都过去了，都像梦魇一般地过去了！是永远不会再来的了！因为我们中国人已经站起来了。这不是一句空话。这是一个震惊世界的事实！所以我们怀着快乐的、感激的心来迎接这个伟大的日子。

# 一点印象*

二届世界和大闭幕的那天，散会的时候，好些人走到廊上还回头去看会场，我也是其中的一个，我真不愿意跟这地方、跟这许多人分别。大会给人的印象的确是太深了。

华沙的大会是一个团结的、和睦的大

* 本篇最初发表于一九五〇年十二月三十日上海《解放日报》。

会。参加的人连代表，连来宾，连列席旁听的，连记者，连工作人员都算在内，数目将近三千。我们来自八十个国家，大多数的人连彼此的姓名都不知道，以前也没有见面的机会。可是我们在会场遇见，可以随便谈话，不必知道彼此的姓名，却能够互相了解。我们谈和平，谈别的问题，我们的意见常常是一致的，因为我们都有诚意，我们都愿意为人类创造一个美好的将来。

华沙的大会跟去年巴黎–布拉格的大会不同。华沙的大会是一个行动的大会。华沙大会召开的时候，帝国主义者正在积极地扩军备战，而且战争已经成为事实，朝鲜的人民正在自己的土地上被人任意屠杀。和平不仅受到威胁，而且横遭蹂躏了。所以单是用话语和文字来要求和平是没有用的，人们必须用行动来保卫和平，必须反抗侵略，制止侵略，然后才能够得到和平。在这一方面华沙大会是有很大的成就的。它谴责了侵略，发扬了正义，团结了大多数人，制定了具体的和平运动的纲领，选出了最高的领导的机关——世界和平理事会。我们可以说，这以后世界的和平是有了保障了。

世界和平理事会是建立在全世界和平人民力量的大团结这个基础上面的。当全世界的人民下了决心起来保卫和平的时候，他们的力量是不可抗拒的。朝鲜人民和中国人民已经在这方面表现了他们的力量了。苏联代表法捷耶夫在大会中说得好：“中国人民说朝鲜人民军不是孤立的，侵略者就被拴在朝鲜，它的胜利幻灭了。”这句话给了大会以极大的鼓舞。中国人民志愿军在朝鲜的英勇的战斗和辉煌的胜利更加强了全世界和平人民的信心。中国代表团在大会中，在国外各地受到热烈欢迎，主要原因是中国人民的力量壮大，而且对世界和平运动有了大的贡献。但同时大家也可以想到，中国人民在任何时候都不是孤立的，他们的每一次的正义的行动都受到了全世界和平人民力量的热烈的支持。

我也参加了关于文化交流的小组会，那是一个友爱的讨论会，各国代表自由地发言，贡献了不少宝贵的意见，想出方法，作出决议，来帮助各民族互相了解，促进他们中间的和平的合作。关于文学艺术方面，决议中间有着下列的几项：

一、组织剧团、乐队、芭蕾舞剧团以及艺术界优秀的代表们的游历演出，和分送影片。

二、组织音乐会，使听众熟悉其他国家的音乐。

三、组织美术品和民间美术品的展览会。

四、邀请其他国家的代表们参加文学艺术方面重要节日的本国的庆祝纪念，并且在其他国家内纪念这些节日。

五、翻译文学作品，宣扬并演奏音乐作品。交换这些作品以及有关的介绍、评论和文章。

六、广泛传播文学与音乐方面世界有名的古典作品，以及翻印油画、雕刻和世界著名的建筑典型。

七、在各国内发展对其他文字的文学作品的翻译技术。

# 我愿意献出我的一切*

我从中国来。这个一直被西方人当作谜一样的国家，有着悠久的历史和曾经发过灿烂光辉的文化。这个国家有着广大的山明水秀的国土，丰富的地下宝藏和四亿

---

* 本篇最初发表于一九五一年一月七日《人民日报》。发表时《人民日报》编者作有如下按语："这是中国出席华沙第二届世界保卫和平大会代表巴金先生准备在大会上发言的稿子，当时因各国代表团发言的人很多，此稿未用。"

七千五百万刻苦耐劳的人民。但也就是这个国家，它的人民一代一代地呻吟在专制独夫的残暴政治和封建地主的剥削手段下面憔悴死去。他们忍饥受寒，像牛马似的劳动着，换得他们的简单的生存。但是他们也从没有失去斗争的勇气，反抗的火不断地在他们中间燃烧，他们前仆后继地起来争取他们的自由。终于到了这样的一天，人民的力量成了一股烁金炼钢的烈火，烧尽了一切专制政治和封建主义的恶草毒树。于是一个新的中国，人民的中国产生了。

我从中国的上海来。上海，这个世界闻名的都市，有人唤它做罪恶的城市，有人称它为冒险家的乐园。一只一只的远洋轮船载来一批一批的冒险家，他们从海外运来原料，利用这里的廉价的劳动力制成商品，取得了广大的市场。他们建造了高楼大厦，过着舒适豪华的生活，而上海的人民却蜷缩在寒冷的小屋内，摇动的搁楼里，坚硬的人行道上，甚至在苏州河上的乌篷船中。在这里成千上万的工人为着微小的工资把生命消耗在不卫生的工作条件下面。在这里小孩挨饿，妇女受辱，和平的人民被人枪杀，人间最可宝贵的东西——劳动力被浪费被糟塌。这就是帝国主义百年来蹂躏中国的成绩。然而在今天这一切都像梦魇似地消灭了。上海跟别的中国城市一样也回到了人民的手中。人民革命的洪流把帝国主义的肮脏污秽冲洗干净了。新的上海产生了。

这是一个新的开始，一个光辉的开始。我在这里提说这个，并不是有意夸耀人民革命的成就，引起帝国主义国家的统治阶级的恐惧。我只是来说明：中国人民赶走了帝国主义，推翻了反动的统治者，是为着一个和平的企图——把中国建设得更好，更美丽，而且这已经有事实证明了；同时也给世界一个榜样：一个古老的民族怎样可以新生。

作为一个作家，我认为我的任务是宣传和平，我的任务是把人类连结在一起。我愿意每个口都有面包，每个家都有住宅，每个小孩都受教育，每个人的智慧都有机会发展。作为一个中国人，我可以说，我们比谁都更爱和平，更宝贵和平，更需要和平。我们的丰富的文学遗产中就有不少光辉的反对非正义的战争的诗篇。我们需要和平，因为只有在和平中我们才可以得到充分的建设的机会，而且我们是经过了长时期的战争之后才达到和平的。

但是现在这和平受到威胁了。美国帝国主义者不让我们享受和平的幸福，不给我们以和平建设的机会。他们的铁蹄已经踏到我们的国境，他们的烽火已经烧到我们的眼前。我们的土地被轰炸，我们的人民被扫射。在太平洋的彼岸还有人发出“战争的畏惧掩蔽了人类的希望”的叫嚣。似乎大残杀马上便要发生，大毁灭立刻就要到来。在今天的确有一片大的乌云盖在人类的希望上面。落在朝鲜领土上的成千成百吨的美国的炸弹便是对人类文明的严重的威胁。

但是人类的希望是任何大的乌云所掩蔽不了的。特别是在今天和平不是一个梦，一个理想。它是万人的愿望。它已经有了团结在一起的八亿的保卫者，不，这只是一部分的数目。因为谁都知道在全世界的人民中没有一个人不爱和平，没有一个人不恨战争。没有一个人不愿意跟他的同胞、跟他的邻人和睦相处，没有一个人不希望用他的智慧和他的劳力来共同创造新世界的文明。渴望战争，想从战争中得利的只有极少数的人，这一小撮人我们称他们为战争贩子。他们鼓动战争，发动战争，用种种的花言巧语把天真的年轻人骗上战场，用种种的野蛮残暴的手段把和平的年轻人驱入战地，杀害无辜的生命，毁灭和平的城市，替他们开辟广大的市场，奴役弱小的民族。不知道已经有多少年轻有为的生命牺牲在这样的战场上了。

侵略者的王国就是用这些白骨赤血造成的。他们不断地用种种渴血的方法扩大它，巩固它。现在他们更想拿我们祖先累世的劳力和智慧创造出来的文明作代价，换取他们宫殿的金顶，完成他们的“万世不朽”的霸业。

但是他们的这个好梦是不会实现的。我们中国人民不让它实现，全世界的人民也不让它实现。他们要扩大、巩固他们的王国，我们要摧毁它。我们用语言，用行动，用事实来摧毁它。

作为有良心的作家，我们有责任结合人类，帮助全世界的人民团结起来。撇开不同的信仰，撇开不同的宗教，撇开不同的语言，只要是善良的人，只要是爱人类的人，让我们团结在一起，为保卫和平而奋斗，为创造新的文明而奋斗。我们有力量使受骗的人睁开眼，我们有责任救出那些即将充当炮灰的年轻的生命，我们更有把握看见侵略者的王国的崩溃。

“拿我的王国换一匹马”，驼背的暴君理却三世曾经这样吼叫过。可是到了那时候他连一匹马也得不到了，他失了他的王国，也失了他的生命。有一天那些新的暴君也会发出同样绝望的叫声。在败亡的时候暴君们是多么地没有力量，他们的王国也就成了不堪一击的纸糊的东西了。

我离开我的家动身到这里来的时候，我的五岁的女儿依恋不舍地抱住我的颈项说，要爸爸早回家来，要爸爸带礼物给她。我爱我的女儿。每个父亲都爱他的孩子。年轻的一代的确是可爱的。我们这一代已经受够战争的苦难了。可是我不愿意看见年轻的小眼睛上有一滴泪水，我不愿意看见谁伤害一根柔嫩的头发。我相信所有的父亲都是这样的。我们应该给孩子们创造一个更好的环境，一个更美丽的将来。为着年轻的一代，我愿意献出我的一切。

# 谈二届和平大会*

### 英国工人热烈欢迎和平大会
### 反动派竭力阻止和大的召开

第二届世界和大本来决定一九五〇年十一月十三日在英国的设菲尔德召开，因为

* 本篇最初发表于一九五一年一月二十三日上海《劳动报》。

设菲尔德是一个钢铁的城市，又是英国军事工业的中心，在那里召开和平大会，可以提高一般工人的警觉性，并且可以使许多受骗的人睁开眼睛，让他们看见他们生活在一个什么样的国家和一个什么样的世界里面。召开和平大会自然是一个和平的企图。可是英国政府却想尽千方百计，阻挠破坏，扣留请帖（筹备会发往中国的三十七件请帖都被扣留了），割断电话，甚至出动了海陆空三方面的人员，阻止各国的主要代表进入英国国境。世界和大的秘书长拉斐特已经飞到了伦敦，可是他刚刚下飞机还没有走出机场，就被英国的军警拦住，接着就被逼迫搭原机回巴黎去了。意大利代表，世界和大的副主席南尼也是到了英国又被赶走的。苏联代表法捷耶夫、爱伦堡、西蒙诺夫和别的许多人，中国代表团团长郭沫若和大部分的中国代表都没有得到英国的签证。英国政府不敢公开禁止二届世界和平大会的召开，它只好假造一些别的理由。它说设菲尔德城容纳不了两千多个客人，没法给那许多代表们找到适当的住处。可是立刻就有七百个工人出来说他们愿意把他们的家让出给代表们居住。英国政府又说，“你们不能使他们住得舒服，你们更没有好的饮食招待他们。”那些工人马上答复它：“那没有关系，我们正可以让他们看见我们英国工人住的是什么样的地方，吃的是什么样的东西。”可是狡猾的英国政府还是不肯让和大的代表入境。在这种情形下面，二届世界和大实在无法顺利召开，所以和大执行局临时决定把大会延期三天并且改在波兰首都华沙举行。

## 没有一个国家比波兰
## 更懂得和平的意义

本来波兰政府早就要求二届世界和大在波兰境内召开。世界上再没有一个国家比波兰更了解和平的意义了，因为波兰在第二次世界大战中丧失了五分之一的人口，华沙城被毁掉百分之八十以上的房屋。到今天还有一百万的孤儿在哀哭他们的父母，希特勒匪帮曾经想杀绝波兰的三千万人民。可是他们只杀了六百万波兰人就让别人把他们消灭了。波兰的人民在复兴工作中表现了奇迹。华沙城被毁的房屋已经恢复了大半。新的波兰不仅从废墟中站了起来，而且它还由农业国家走入了工业化的大道。在克拉科古城的郊外新的钢铁工业建立起来了。整个波兰正在埋头建设，在建设中它需要和平，它热爱和平。所以它热烈地欢迎全世界爱好和平的人到它的首都来。

全世界爱好和平的人果然都到华沙来了。一共有八十个国家的代表。连波兰本国的代表算在里面，代表人数是一千七百五十六，加上来宾和列席旁听的人数目在二千三百以上，再加上各种工作人员，算它三千人，也不为多。要在华沙找到一个能够容纳三千人的会场，而且要给这些人每人一个可以放文件、可以记笔记的桌子，而且还得在每一个座位上装设一副能够随意听八种语言的翻译的耳机，这的确不是一件容易的事。况且只有五天半的时间留给华沙工作人员去布置这样的一个会场。

## 波兰工人对和平的贡献

英国政府以为它的阻挠会使得世界和大在短期内开不成，即使开成了，也不会开得好。可是波兰的工人用行动来答复了英国政府的诡计。他们不睡眠、不休息，整整地工作了五天半，居然把一个正在建筑中的印刷出版的工厂改造成了一个漂亮、舒适、宽敞的大会场，使得大会在十六日傍晚如期开幕。工人的力量创造了这样的惊人奇迹。这是每个代表亲眼看见的，这个奇迹增强了代表们对和平力量的信心。

## 中国代表受到热烈欢迎

大会开得很顺利、很成功，因为从八十

个国家来的一千七百几十个代表都有着一个相同的目标：和平；都有着一个相同的任务：争取和平。大家远远地赶到这里来，就是为了来商讨一个具体的争取和平的办法。大会一共开了七天，到二十二日闭幕。在大会中发言的人一共是一百二十个。他们讲的是世界各国的语言。不过我在前面就说过，会场里每个座位上都装得有耳机，可以听到八种语言的翻译。这八种语言中间自然也有中国话，因为中国代表团在大会中占着很重要的地位。有人说过中国代表团被重视的原因，是今天的新中国有办法，有经验，有希望。中国代表团团长郭沫若担任执行主席的时候，曾经受到全体代表的极热烈的欢迎。他登台发言时，那种盛况是没法用几句简单的话形容得了的。

大会之外还有七个小组委员会。其中政

治委员会是最重要的一个，它负责起草大会的两大文件：《告全世界人民书》和《致联合国书》。其他六个小组的决议的要点，都包含在上面提到的两个文件里面。这两个文件是和平运动的具体纲领。大会还选出了一个“世界和平理事会”，二百二十二位理事都是世界各国的有代表性的人物。

## 二届和大的伟大成就

二届世界和大澄清了那些错误的“等待”和“妥协”的观念。大会号召全世界人民用行动保卫和平。两大文件的主要精神就是反抗侵略。因为在朝鲜已经发生了侵略的战争，朝鲜的人民成千成万地死在美国侵略军队的炸弹下面。和平不仅受到威胁，和平已经受到了打击。要是在这个时候爱好和平的世界人民还不起来保卫和平，那么他们便会遭受到战争的灾祸了。所以朝鲜人民的坚强抗战和中国人民的抗美援朝的英勇行动，得到了大会全体代表的热烈的支持，大会谴责了美国军队在朝鲜的罪行，并且主张组织国际法庭追究麦克阿瑟的责任。

大会的代表具有很大的广泛性，各界人士都包括在内。工人代表就有三百四十一位，占代表总数五分之一。中国代表团中的几位工人代表，都是工人阶级中杰出的人物。他们有艰苦的斗争历史和长期的劳动经验，有从太原来的机器工人，也有从汉口来的纺织女工，有国际知名的工人领袖，也有在香港苦斗多年的工界战士。他们不仅得到各国代表们的尊重，而且在中国代表团中间也得到大家的敬爱。

大会在华沙的成功，证明了英国政府阴

谋的失败。我们到不了英国，这是很小的事。英国代表和美国代表到了波兰，却是一件大事。他们亲眼看见了新民主主义国家的和平建设和人民生活。他们看到了在英美所看不到的东西，就是那欣欣向荣的景象。他们明白了所谓“铁幕”只是一些阴谋家的恶意的捏造。美国代表团在大会闭幕以后还到过苏联，参观了莫斯科、列宁格勒和斯大林格勒。他们离开苏联的时候，在告别书中曾经说过，要把他们亲眼看见的社会主义国家的真实情形告诉美国人民。英国代表团也会把波兰的真相告诉他们的同胞。这样一来，帝国主义者和战争贩子的一切宣传都会“不攻自破”了。英国政府不让世界和大在境内召开，无非想遮尽英国人民的眼睛，可是现在英国人民的眼睛反倒大大地睁开了。有人说英国的“工党”政府在挖自己的坟墓，这倒是一句真话。

# 欢乐的节日*

今天是一个欢乐的节日。住在上海，我也可以想象到莫斯科庆祝这个节日的盛况。中苏两国人民同样热烈地庆祝这个日子，因为中苏互助盟约巩固了这两大民族的友谊。全世界的人民也在庆祝这个日子，因为中苏

* 本篇最初发表于一九五一年二月十四日上海《文汇报》。

友好合作奠下了世界和平的基石。每一个到过苏联的中国人都可以叙述许多关于中苏友好的故事，这都是他或她亲眼看见的，亲身经历的。在莫斯科，在列宁格勒，甚至在西伯利亚的火车上我也饱尝了这种友情的温暖。在苏联我觉得好像在自己的家乡一样，到处都有人向我伸出友爱的手，到处都有人用感动的、欢快的声音祝贺这两大民族的友好合作，到处都有盛满伏特加的酒杯举起来为着中苏人民的持久的友谊干杯。

我们的欢乐也就是我们的敌人的痛苦。中苏两大民族以及全世界爱好和平的人民的庆祝的欢呼会使得帝国主义者、战争贩子们以及一切的反动派惶恐战抖，因为他们知道他们的末日就要到了。虽然他们不甘于死亡，但是在中苏两国人民紧密团结的力量的打击下，他们也无法延长他们的寿命。

让更多的酒杯举起来，更多的欢呼响起来，更多的友爱的手伸出来，今天的确是一个值得庆祝的日子。